Viateur Lefrançois

Louis Riel,
le résistant

*Bonne lecture
à
Michel.
Viateur Lefrançois
2008*

Éditions du Phœnix

© 2012 Éditions du Phœnix

Dépôt légal, 2012
Imprimé au Canada

photographie de la page couverture: Viateur Lefrançois
Graphisme de la couverture : Guadalupe Trejo
Graphisme de l'intérieur : Hélène Meunier
Révision linguistique : Hélène Bard

Éditions du Phœnix

206, rue Laurier
L'île Bizard (Montréal)
(Québec) Canada H9C 2W9
Tél.: (514) 696-7381   Téléc.: (514) 696-7685
www.editionsduphoenix.com

**Catalogage avant publication de Bibliothèque et Archives
nationales du Québec et Bibliothèque et Archives Canada**

Lefrançois, Viateur

  Louis Riel, le résistant
  ISBN 978-2-923425-76-4
  1. Riel, Louis, 1844-1885 - Romans, nouvelles, etc. I. Titre.

PS8573.E441L68 2012   C843'.54   **C2012-941382-8**
PS9573.E441L68 201

Conseil des Arts   Canada Council
du Canada   for the Arts

Nous remercions la SODEC de l'aide accordée à notre programme de publication. Nous reconnaissons l'aide financière
du gouvernement du Canada par l'entremise du Fonds du
livre du Canada pour nos activités d'édition à notre
programme de publication.

Nous sollicitons également le Conseil des Arts du Canada.
Éditions du Phoenix bénéficie également du Programme de
crédit d'impôts pour l'édition de livres – Gestion SODEC – du
gouvernement du Québec.

Viateur Lefrançois

Louis Riel,
le résistant

Éditions du Phœnix

« *J'ai fait mon devoir dans la vie.*
J'ai toujours visé des résultats pratiques.

Après ma mort, mon esprit opérera
des résultats pratiques. »

Louis Riel, fondateur du Manitoba.

« *Même si tous les chiens de la province*
de Québec se mettaient à japper
à sa défense, Riel sera pendu. »

« *L'exécution de Riel et des Indiens va,*
je l'espère, avoir un effet positif
sur les Métis et convaincre le Peau-Rouge
que c'est l'homme blanc qui gouverne. »

Sir John A. Macdonald,
premier ministre du Canada

Avis aux lecteurs

Certains personnages de ce roman, ainsi que les aventures qu'ils vivent, sont fictifs et imaginaires. Cependant, la trame historique est réelle.

Note : Les Métis parlent le michif. Cette langue est un mélange de mots français et de verbes cris qui suivent la grammaire crie. Elle contient également quelques mots ojibwés et anglais. Au dernier recensement, près de neuf cents personnes ont déclaré parler le michif. Comme de moins en moins de jeunes connaissent leur langue maternelle, les Métis ne peuvent la transmettre à leurs enfants.

Remerciements :

Nous remercions monsieur Philippe Mailhot, directeur du Musée de Saint-Boniface, au Manitoba, pour ses précieux conseils.

Prologue

En 1670, Charles II, roi d'Angleterre, concède 7,7 millions d'acres carrés, un endroit appelé la Terre de Rupert, à la Compagnie de la Baie d'Hudson. Attirés par l'aventure, des centaines d'hommes partent alors vers le Nord-Ouest pour chasser, faire la traite des fourrures et vendre leurs produits à la compagnie.

Ces hommes arrivent dans les prairies et, peu à peu, épousent des femmes amérindiennes pour former, après des décennies, la nation métisse. Une nouvelle société voit le jour. L'existence simple de ces gens se déroule au gré des saisons et au rythme de la nature.

Le peuple vit dans la colonie de la Rivière-Rouge depuis très longtemps, quand Jean-Louis Riel met les pieds sur le territoire de la Terre de Rupert, à Saint-Boniface. Devant les injustices commises, il n'hésite pas à défier le Conseil d'Assiniboia et, grâce à sa ténacité et à sa forte personnalité, il réussit à obtenir la liberté de commerce pour les Métis. Son fils, Louis Riel, poursuit la tradition familiale et s'implique politiquement pour résister aux assauts du gouvernement fédéral et des loges orangistes de l'Ontario.

La grande aventure du Nord-Ouest, c'est l'histoire d'une lutte, la lutte des Métis pour le respect de leur mode de vie et pour la protection de leurs droits les plus sacrés.

Première partie

Riel, père

Chapitre 1

Une belle journée

L'aube se lève, plus belle que jamais sur la prairie de l'Assiniboia...

François Boucher sort de la maison en bois rond de son père, s'étire lentement les bras pour se dégourdir et prendre un peu d'air frais. Dans le soleil levant, à une trentaine de mètres devant lui, se tient un magnifique orignal mâle dont le panache semble le plus imposant de l'Assiniboine entière. Tous les Métis de la colonie de la Rivière-Rouge rêvent d'abattre un animal de cette envergure.

François recule lentement, ouvre la porte et met la main sur le canon de son arme. Son sac de chevrotines s'étale par terre en produisant un bruit mat. L'animal prend la fuite dans un craquement de branches. Longtemps on entend l'écho de ses sabots. François regarde la bête courir, déçu d'avoir raté une occasion d'éblouir son frère. Réveillé par ce remue-ménage, Henri arrive au pas de course. La fraîcheur du matin le fait frissonner.

François passe la main dans ses longs cheveux noirs ébouriffés et baisse les yeux en maugréant :

— Je viens de manquer un magnifique spécimen. Il nous aurait nourris pendant plusieurs mois.

— La chasse aux bisons a été bonne cette année, lui rappelle son frère avec un sourire narquois. Nous ne mourrons pas de faim. D'ailleurs, d'après Joseph Vermette, nous pourrons écouler le pemmican et les peaux à la Compagnie de la Baie d'Hudson.

François renifle de dédain.

— En espérant que cette entreprise va enfin réviser ses prix à la hausse. Je commence à en avoir assez. Chaque saison, nous devons travailler de plus en plus fort pour vendre des produits de moins en moins profitables. Et je ne suis pas le seul à penser ainsi : plusieurs Métis contestent la façon dont les représentants agissent...

Deux heures plus tard, les chevaux sellés, les frères Boucher se rendent au fort

Garry, à Winnipeg, pour rencontrer d'autres chasseurs. Lorsque les hommes apprennent qu'ils toucheront un prix dérisoire pour leur marchandise, plusieurs d'entre eux menacent d'aller à Pembina, au Dakota du Nord, de l'autre côté de la frontière, pour vendre leurs produits. Certains craignent cependant des représailles de la puissante entreprise. La vie est difficile pour cette poignée d'hommes qui tentent de survivre dans un environnement qui n'est favorable qu'aux propriétaires de la compagnie. Devant leurs récriminations, le commis, Francis Dean, insiste :

— Vous devez vendre vos pelleteries à la Baie d'Hudson : c'est la loi !

— Nous la défierons ! répond son ami Léo Lagimodière. Les postes de traite du Dakota du Nord offrent beaucoup plus.

— L'Ouest nous appartient, précise Paul Laliberté. Les Métis sont libres et ne demandent de permission à personne.

— Le gouverneur Duncan Finlayson ordonnera votre arrestation sur-le-champ et votre jugement sera vite prononcé si vous allez aux États-Unis, les prévient Dean.

Malgré les mises en garde, plusieurs traversent la frontière pour se rendre au Dakota du Nord. Dépourvue de force policière, la Baie d'Hudson ferme les yeux sur le méfait pour éviter de se mettre à dos les Métis, puisque ceux-ci garnissent les coffres de la compagnie depuis de nombreuses années en plus de constituer la majorité de la population de la Rivière-Rouge.

Chapitre 2

L'arrivée
de Jean-Louis Riel

Heureux du dénouement final, après avoir vendu leurs produits à bon prix aux États-Unis, les frères Boucher s'activent à la ferme familiale, à Saint-Vital. Tous les trois dépouillent les bœufs, puis trempent les peaux dans une auge remplie d'eau chaude. Ils enlèvent ensuite le poil avant de les tanner et de les teindre, utilisant de l'écorce de saule ou de chêne pour leur donner la couleur voulue. Ils coupent aussi de la babiche, des lanières de peau servant à tresser et à tisser les fonds de chaises ou à coudre les vêtements. Jacques, leur père, un homme dans la jeune cinquantaine aux cheveux poivre et sel, ouvre la porte et appelle ses fils.

— Venez entendre le son de mon nouveau violon. Je l'ai terminé ce matin et j'aimerais vous jouer un petit air de mon répertoire.

Les garçons sourient devant l'enthousiasme de leur père. Comme plusieurs de ses amis métis, il connaît la technique pour fabriquer un instrument mélodieux. Les deux frères s'assoient donc pour écouter le concert; Jacques accorde le violon une dernière fois et, avec son archet, dont les filaments proviennent de la crinière de sa jument, il commence à jouer. Pour l'encourager, les jeunes gens tapent des mains sur le rythme endiablé de la musique.

— Bravo, le père!

— Merci, les garçons. Vous avez bien travaillé, aujourd'hui; allons déguster les irrésistibles galettes de votre tante Adèle.

Malgré le décès prématuré de la mère de famille, la maison des Boucher reste propre et bien tenue. Comme presque toutes les résidences des Métis, elle est construite en billots équarris à la hache. Jacques s'efforce de la maintenir en bon état, pour accueillir une seconde épouse, si jamais il rencontre une autre femme qui voudrait bien de lui. Pour le moment, sa sœur lui donne un coup de main.

François et Henri se rendent souvent à Saint-Boniface où arrivent les colons et les employés de la Compagnie de la Baie d'Hudson. Lorsque les gens décident de se fixer dans la région, ils les dirigent, les aident à s'installer et essaient, autant que possible, de les mettre à l'aise dans leur nouveau pays.

Ils croisent Jean-Louis Riel à l'été 1843, à son arrivée à la Rivière-Rouge. Le jeune homme a déjà séjourné dans la colonie en 1838, comme ses parents avant lui ; il a alors travaillé pour la Baie d'Hudson. La famille est ensuite retournée au Québec. L'appel de l'Ouest se faisant entendre de nouveau, Jean-Louis y revient définitivement. La forte personnalité du jeune homme au teint et aux yeux foncés attire la confiance des frères Boucher. Le nouveau venu, la valise à la main, parcourt l'horizon du regard pour refaire connaissance avec sa contrée natale. En se dirigeant vers un établissement d'accueil rudimentaire, il parle de sa famille à ses deux guides.

— Je suis né à l'Île-à-la-Crosse, dans le Nord-Ouest. Ma mère est une métisse chipewyan. Je veux m'installer dans la région, m'acheter une ferme et l'exploiter.

Ses compagnons, étonnés des propos de l'étranger, choisissent de garder le silence.

Ils en discuteront d'abord avec leur père. François rassure le nouveau venu :

— Nous te présenterons les bonnes personnes.

Rien n'a changé depuis cinq ans : Jean-Louis arrive dans un territoire sans gouvernement, sauf celui du Conseil d'Assiniboia, contrôlé par la Compagnie de la Baie d'Hudson. Pour cet homme d'action, tout semble possible sur la Terre de Rupert.

Quelques jours après son arrivée, il demande à ses amis de retrouver le frère de sa mère pour lui remettre une lettre.

— Je voudrais parler à Jacques Boucher. Vous le connaissez sans doute.

— Tout le monde se côtoie à Rivière-Rouge, explique François. Il est veuf depuis quelques années.

Les deux sympathiques Métis se lancent des regards amusés qui n'échappent pas à Jean-Louis.

— Puis-je savoir la raison de votre bonne humeur ?

— Rien d'important, répond Henri. Nous te conduisons tout de suite chez Jacques, à Saint-Vital.

Henri grimpe sur sa monture, aussitôt imité par François et Jean-Louis qui enfourchent l'autre cheval.

Jacques lit la lettre avec attention. Des rides apparaissent autour de ses yeux quand il sourit. Sa peau cuivrée trahit ses origines indiennes.

— Comment va ma sœur ?

— Elle s'ennuie de l'Ouest et aimerait revenir un jour.

— Bienvenue chez nous, mon cher neveu. Mes fils et moi te faciliterons la tâche pour l'acquisition et le maintien de ta ferme.

Le regard de Jean-Louis passe de l'un à l'autre, intrigué par la physionomie souriante de ses deux guides.

François s'approche, prend Jacques par les épaules et dit :

— Louis, je te présente notre père.

Le jeune Riel reste bouche bée un court instant, puis se jette dans les bras de ses cousins.

— Petits cachottiers ! lance Jean-Louis à la blague.

— Une inoubliable journée! déclare Jacques.

Pour souligner les retrouvailles de son neveu, il sort des pipes en pierre et partage son fameux kinikinik, un tabac brun fabriqué à la maison avec les feuilles de hart rouge. À leur demande, Jean-Louis décrit la vie au Canada-Uni.

— Les Anglais feront bientôt de nous un groupe minoritaire.

— Je suppose que l'Acte d'Union répond à leurs attentes, répond Jacques.

— Les Canadiens subissent encore les contrecoups de la rébellion de 1837-1838. Les patriotes sont disséminés, exilés en Australie et aux États-Unis et, malgré les pétitions pour les amnistier, rien ne bouge. En plus, comme les Anglais détiennent plus de la moitié des terres, les jeunes et beaucoup de familles quittent le Canada pour s'installer en Nouvelle-Angleterre.

Jacques place la main sur l'épaule de son neveu :

— Vivre dans un pays conquis, c'est bien la pire chose qui puisse arriver à un peuple.

— Par chance, ajoute Henri, les Métis restent des gens libres. Personne ne contrôle notre destin.

— Assez parlé, lâche François. Allons chevaucher dans la plaine pour souligner ton arrivée. Je te prête une belle jument.

***

Durant les mois suivants, Jean-Louis redécouvre la beauté des paysages. Ses deux cousins et amis l'entraînent dans les plaines ; ensemble, ils ratissent les forêts sauvages et les cours d'eau de la région. La chasse au castor, au vison, au rat musqué, au raton laveur, à la loutre, à la martre, au carcajou, au renard et au bison n'a bientôt plus de secrets pour Jean-Louis. Les trois compagnons, emportés par le vent, parcourent le territoire à la recherche de gibier et, surtout, ils jouissent de leur liberté.

Les trois hommes deviennent inséparables, et les deux sympathiques frères au visage toujours souriant intègrent leur cousin à la vie de la prairie. Jean-Louis, ayant développé un engouement pour les grands espaces, renoue avec la nature et se rend vite compte de son lien profond avec le peuple des sang-mêlé.

Au fil des jours, il constate aussi l'ampleur du racisme et des préjugés de certains employés de la Compagnie de la Baie d'Hudson envers les Métis de langue française. Contrairement à lui, ses compagnons n'ont jamais fréquenté l'école ; aussi, lorsque tous les trois partent à la chasse des semaines entières, Jean-Louis apporte-t-il des livres et des journaux dans l'espoir d'intéresser ses amis à la lecture. Intelligents et vifs, Henri et François peuvent signer leur nom et reconnaître plusieurs mots après seulement quelques mois d'efforts.

Entre-temps, Jean-Louis a acheté une terre à Saint-Boniface, située près de celle de la famille Lagimodière. Il s'entend bien avec ses voisins et, peu de temps après s'être installé dans sa nouvelle maison, il s'éprend de la charmante et belle Julie, la septième enfant du couple. Sa mère, Marie-Anne Gaboury, la première femme blanche à s'établir dans l'Ouest en 1806, approuve leur relation. Un soir, le jeune homme entraîne sa bien-aimée à l'écart, près du boisé rempli d'épinettes blanches et, prenant les mains de sa douce dans les siennes, lui demande de l'épouser. Le cœur battant, Julie accepte. Heureux, les amoureux s'embrassent tendrement.

Le 22 octobre 1844, une année après leur mariage, Jean-Louis court chercher la sage-femme du village. À son arrivée, l'accoucheuse lui fait boire une infusion de chèvrefeuille pour atténuer les douleurs, puis fait bouillir du plantain et de l'ortie pour prévenir les risques d'une hémorragie. Julie accouche de son premier fils. Au cours de l'après-midi, le nouveau-né reçoit le baptême des mains de monseigneur Norbert Provencher.

— Notre bébé s'appellera Louis, déclare Julie, le regard tourné vers son fils.

De leur côté, les frères Boucher ont épousé des Métisses de la Rivière-Rouge. Leurs premiers enfants, Thomas et Jérôme, naissent quelques mois après le petit Louis Riel. Les trois familles fêtent la nouvelle année ensemble et jurent de rester unies leur vie entière.

Jean-Louis n'a cessé de travailler depuis son arrivée à la Rivière-Rouge. Il a d'abord essayé de construire un moulin à carder, mais il a vite abandonné l'idée en raison du désintéressement de la Compagnie de la Baie d'Hudson pour une telle l'entreprise ; seule la traite des fourrures intéresse leurs représentants. Mais un autre projet d'une plus grande envergure lui trotte dans la tête. Il achète une terre en bordure de la rivière Seine et y érige un moulin à farine. Pour mieux alimenter son entreprise, il creuse un canal de treize kilomètres jusqu'à la petite rivière de la Graisse, parvenant ainsi à amener l'eau et à la déverser dans la Seine. Son avenir économique assuré, et poussé par les circonstances et la recherche de la justice, Jean-Louis se tourne vers la défense des droits du peuple métis.

Chapitre 3

Contrebande,
procès et liberté

Louis Riel, Thomas et Jérôme Boucher grandissent dans un climat politique trouble ; l'agitation règne en maître, non seulement dans la colonie d'Assiniboia, mais dans tout le territoire contrôlé par la Compagnie de la Baie d'Hudson, le pays des Métis. Jacques Boucher s'insurge contre la situation :

— Nous composons la majorité de la population, et aucun de nous ne fait partie du Conseil d'Assiniboia. Je trouve cette situation inacceptable.

— Nous y verrons, promet Jean-Louis.

***

En 1839, le gouverneur George Simpson a mécontenté les sang-mêlé après avoir nommé l'unilingue Adam Thom, juge et conseiller juridique de la compagnie. Rédacteur en chef du *Montreal Herard* pendant la rébellion de 1837-1838, au Bas-Canada, l'avocat et journaliste avait fait preuve de racisme envers les Canadiens français.

Jean-Louis Riel prend la parole et le dénonce lors d'une réunion des Métis :

— Cet homme a toujours méprisé notre langue française. Je me souviens des propos de Thom et de ses articles de journaux en 1837 : il voulait rayer les Canadiens français de la surface de la Terre. Pour lui, les francophones ne disposent que d'un centième de l'intelligence et des capacités des Anglo-saxons.

— Démission ! Démission ! scande la foule.

— Le monopole de la Baie d'Hudson a assez duré ! lance Riel. Nous désirons vendre nos produits où bon nous semble. La compagnie fixe des prix dérisoires, et les chasseurs métis reçoivent le minimum. Quant aux Indiens, la compagnie les exploite encore davantage !

Pour sa part, Jacques Boucher les incite à s'approvisionner à Saint-Paul, au Minnesota.

Le choix des marchandises est plus varié et les coûts moins élevés que dans les magasins de la Baie d'Hudson.

Malgré la crainte de mécontenter la population, le gouverneur de l'Assiniboia décide d'agir pour préserver ses privilèges commerciaux et maintenir ses coffres à flot. Après plusieurs perquisitions chez les Métis, des agents arrêtent le jeune Guillaume Sayer pour commerce illégal de fourrure au Dakota du Nord. Les trappeurs, inquiets, décident d'aller demander conseil à l'abbé Belcourt, un ardent partisan de leurs revendications. Une délégation accourt à Pembina pour le consulter. Le prêtre comprend vite la raison de leur voyage.

— Résistez aux autorités de la Rivière-Rouge. C'est le temps ou jamais, leur conseille l'abbé.

Avant le départ des délégués, il écrit une lettre à Jean-Louis Riel et lui recommande de la lire avant le procès de Sayer, fixé pour le 17 mai 1849. Le prêtre lui suggère aussi de se présenter en armes devant le palais de justice. Le chef s'exécute devant la cathédrale de Saint-Boniface, la semaine précédant l'audience.

Le jour du procès, deux cents hommes armés sautent dans les canots et traversent la rivière pour se rendre au fort Garry avec la ferme intention de se faire entendre. Les pas des manifestants en furie soulèvent la poussière dans la cour principale. Des coups de feu retentissent près du bâtiment où siège le juge Adam Thom. Jean-Louis monte sur les marches et impose le silence :

— Mes amis. Ils ont arrêté l'un des nôtres, un Métis. Pourquoi ? Parce qu'il a osé vendre et acheter des fourrures contre la volonté des dirigeants de la Baie d'Hudson. Ces escrocs veulent tout garder pour eux-mêmes. Ils dictent la loi et empêchent la population de parler, surtout les francophones.

Indignés, les hommes lèvent leur fusil en signe d'approbation et hurlent leur désaccord. Riel continue de les haranguer :

— Allons-nous tolérer cet affront ?

— Non ! Non ! Non !

— Nous optons pour la liberté et nous entendons commercer avec qui il nous plaît, et quand cela nous plaît.

— Oui ! Oui ! crie la foule en colère.

— Jetons le juge à la rivière ! propose un manifestant.

Les contestataires réclament et obtiennent des jurés métis pour juger Guillaume Sayer. Henri et François se postent à l'entrée de l'édifice avec leur arme pour surveiller l'activité. Pendant le procès, les Métis assiègent le palais de justice. Adam Thom préside les débats en anglais et tient tête aux opposants. Le juge s'éponge nerveusement le front et le cou. Effrayé, son adjoint sort discrètement du bâtiment, saute sur son cheval et s'enfuit au galop.

— En vertu de sa charte, la Compagnie de la Baie d'Hudson possède l'exclusivité du commerce de la fourrure, affirme le juge Thom. Tant qu'une autre loi n'aura pas modifié celle-ci, personne ne peut la violer.

À la demande du juge, le sang-mêlé James Sinclair prend la défense de l'accusé. Après les plaidoiries, le jury reconnaît l'accusé coupable, mais recommande la clémence du tribunal. Une rumeur sourde se propage dans la salle et à l'extérieur.

Adam Thom réprimande le prévenu, lui dit d'observer la loi et le libère. Des cris de victoire accueillent le verdict. Pour les protestataires, la libération de Guillaume signe la fin de leur asservissement à la Compagnie.

— Le juge vient d'abolir le monopole.

— Le commerce est libre.

— Vive la liberté !

Dans une atmosphère de fête, les hommes en armes portent Guillaume en triomphe du fort Garry jusqu'à la rivière, puis jusqu'à Saint-Boniface. Dans tous les foyers de la région, les gens commentent l'acquittement. Désormais, grâce à ce précédent, aucun Métis ne pourra se voir condamner pour vente illégale de ses produits. La liberté de commerce étant acquise, la vie peut reprendre son cours.

— La chasse aux bisons nous appelle, déclare Guillaume à ses amis.

À l'évocation de ce rendez-vous annuel, le plus important dans la vie des Métis, les visages s'illuminent. Comme chaque année, les familles de chasseurs de la colonie se rassemblent à Saint-Norbert. La chasse aux bisons donne lieu à plusieurs rencontres festives entre voisins et habitants des villages éloignés.

— Les femmes ont déjà tout préparé pour notre départ : enfants, chariots, vivres et couvertures, répond François. Tout le monde est prêt. Mon père sera notre guide.

— Alors, je suis mieux d'affûter mes couteaux avant de partir, lance Guillaume dans un grand rire. Nous récolterons un nombre record de bisons.

Le lendemain, au moment du départ, la caravane des chasseurs s'étend sur deux kilomètres. À la tête du convoi, les cavaliers forment une haie d'honneur. Dès l'instant où le guide, Jacques Boucher, déploie le fanion pour indiquer le chemin de l'Ouest, les roues des voitures soulèvent la poussière.

— En avant! clament les hommes en s'élançant dans la plaine.

Le convoi suit la rivière Sale, puis bifurque en direction de la montagne de la Tortue, pour se rendre dans les plaines du Dakota et du Montana.

Le groupe roule toute la journée sous un soleil de plomb, mais aucun troupeau ne se montre à l'horizon. Vers dix-huit heures, l'ordre d'arrêter arrive enfin.

Le long cortège s'immobilise et, peu à peu, les conducteurs de charrettes et de chariots se regroupent en cercle. Les Boucher et les Riel se placent côte à côte et, comme tous les participants, ils allument des feux en prévision des danses et des chants qui se dérouleront pendant la soirée. Guillaume sortira son violon pour accompagner les danseurs, dont certains amalgament les pas indiens, français et écossais. Pour leur part, les femmes préparent la nourriture et s'occupent des enfants. Selon la tradition, le guide et les chefs, quant à eux, se réunissent pour discuter et fumer la pipe, jusqu'à la nuit tombante.

Les journées se suivent, toutes semblables, puis la fatigue s'installe peu à peu parmi les voyageurs.

— Oncle Jacques! crie Jean-Louis.

L'homme somnole sur le banc de sa charrette; il se réveille en sursaut et laisse tomber sa pipe en pierre entre ses souliers de bœuf. Le tabac de kinikinik fumant se répand sur le plancher.

— Tu devrais chiquer ou utiliser une pipe en blé d'Inde, suggère Henri sur un ton moqueur.

— Je pense qu'il est l'heure d'aller me coucher, répond Jacques en se levant.

La fatigue se lit sur son visage.

Même s'ils déplorent l'absence d'un troupeau, les chasseurs ne perdent pas espoir.

Personne ne s'attend vraiment à une telle chance avant une semaine. Tandis que plusieurs hommes, enveloppés dans une peau, s'étendent sur une meule de foin sous les voitures, le reste de la famille dort dans les charrettes. D'autres, par contre, montent leur tipi pour mieux se protéger, parfois du froid, souvent des moustiques.

Chaque matin, la caravane démarre lentement. Déjà, les jeunes commencent à trouver le temps long : les bisons restent invisibles. Les cavaliers galopent lentement, fusil en mains, suivis de leurs chiens. Dans le convoi, certains, par habitude, mâchent des Plugs de tabac sucré, mélangés avec de la mélasse, qu'ils recrachent ensuite. Louis et ses cousins ont commencé à fumer, mais ils détestent chiquer. Désappointés, les adultes se résignent à camper une autre nuit sans avoir atteint leur but.

Après chaque fin de journée, tous s'affairent à divers travaux : certains vérifient le bon état des roues, d'autres enlèvent la boue accumulée un peu partout sur les charrettes. Ils nourrissent les chevaux, laissent les bœufs brouter dans le champ, puis se préparent pour l'obscurité.

— Espérons que nous aurons de la chance sous peu, dit la belle Roseline, la femme de François.

— Nous devons rester confiants, ajoute François. L'immensité de la prairie donne la chance aux bisons de se tenir loin des hommes. Nous suivons la route de migration habituelle. Nos éclaireurs repéreront les traces des bêtes.

L'abbé Belcourt approuve ses propos. Le missionnaire tenait à accompagner ses amis pour les encourager et festoyer avec eux après leur victoire sur la Compagnie de la Baie d'Hudson.

Jour après jour, la caravane s'enfonce dans la plaine sans aucun résultat. Le douzième jour, un heureux événement les retarde de quelques heures. En milieu de l'après-midi, Claire, la femme de Claude Laliberté, commence à ressentir ses premières douleurs.

— Arrêtez la charrette ! crie le mari. Ma femme va accoucher !

Henri galope vers la tête du convoi pour prévenir la sage-femme. Les mères rassemblent les enfants curieux et les envoient s'amuser plus loin. Les contractions se rapprochent, et Claire essaie de retenir ses lamentations. Claude la transporte tout de suite dans l'herbe haute, à l'abri des regards. Élizabeth, l'accoucheuse, se présente enfin et examine la future maman. Elle lui fait boire sa fameuse infusion de chèvrefeuilles pour réduire les douleurs.

— Qu'est-ce qui arrive? demande son jeune fils de huit ans.

— Pierre, va jouer avec les autres! ordonne son père.

— Claire mettra son petit au monde très vite, confirme Élisabeth. Avec ce sixième accouchement, elle nous retardera de quelques heures seulement. Le travail est déjà avancé.

Tandis que les cavaliers continuent à patrouiller et à surveiller les alentours en raison de possibles dangers, comme une attaque de tribus indiennes hostiles, les femmes marchent de long en large dans l'attente de l'heureux événement. Après une vingtaine de minutes, les pleurs du bébé provoquent des chuchotements. Les dames applaudissent et s'embrassent. La sage-femme s'approche de Claude et lui remet le nouveau-né avec un plaisir évident. Arborant le sourire d'un papa comblé, il soulève son fils pour le présenter aux curieux.

— Un septième petit Laliberté. Il s'appellera Prairie, en souvenir de son lieu de naissance.

Les bruits des applaudissements et des cris de joie attirent l'attention des jeunes. Inquiet, Pierre revient s'informer :

— Nous aurons un bébé à la maison...

— Oui, les sauvages sont venus et nous t'avons acheté un petit frère.

Les gens rient, les félicitent encore, puis retournent à leur voiture pour reprendre le voyage. Claude confectionne un berceau en étoffe, fixe une corde à chaque bout et le suspend aux arcs du chariot. Si l'enfant pleure pendant la nuit, les parents n'auront qu'à allonger le bras pour le bercer.

Les hommes doivent cependant résoudre d'autres problèmes : les vivres commencent à diminuer. Armés d'une détermination sans faille, imperturbables malgré le temps qui passe, les chasseurs poursuivent la route. Puis, soudain, sur le territoire du Montana :

— Des bisons, murmurent les traqueurs.

Leurs yeux brillent de bonheur devant les milliers de bêtes sauvages broutant dans la plaine. Aussitôt, des dizaines de cavaliers se détachent du groupe et se placent en rang pour la bataille finale.

Les chasseurs avancent lentement vers le troupeau. Ils se trouvent à peine à cent cinquante mètres des animaux quand ceux-ci s'aperçoivent de la présence des intrus. Au milieu d'un nuage de poussière, pris de panique, les bêtes myopes s'élancent dans la plaine pour échapper aux prédateurs.

Trop tard. Les chasseurs arrivent. Ils lancent des cris stridents et rivalisent d'agilité pour abattre le plus de bisons possible. Les balles entre les dents et un fusil dans les mains, les chasseurs tirent sans relâche. Les chevaux hennissent de nervosité ; les cavaliers se faufilent au milieu du troupeau et parviennent par miracle à éviter les collisions. Cavaliers hors pair, tireurs d'élite et braves colosses, les Métis galopent à travers les buffles à grande vitesse.

Dans la mêlée générale, François frôle une bête de trop près. L'animal éventre son cheval qui roule et culbute avant de tomber raide mort ; le cavalier atterrit sur la terre poussiéreuse. Il se relève d'un bond et court à toute allure pour échapper aux pattes meurtrières de trois bêtes à cornes. Le malheureux réussit à se réfugier derrière un rocher pour attendre la fin de la course. De son côté, le cheval de Guillaume Sayer met le sabot dans un trou de blaireau et culbute. À son tour, l'homme tombe lourdement sur le sol et roule plusieurs fois sur lui-même. Henri se précipite, le saisit par le bras et, d'un élan, l'entraîne sur sa monture juste avant l'arrivée d'un buffle en furie.

Un bruit d'enfer a envahi la prairie pendant la bataille, puis, graduellement, le silence s'installe. Les coups de feu ont cessé. Près de mille bisons gisent sur le terrain. Les femmes exultent : les chasseurs viennent de récolter leur principale source de nourriture.

Déjà, les hommes ont identifié leur prise avec un objet personnel et ont taillé la petite bosse située sur le dos de l'animal ; ils enlèvent la peau, éviscèrent les bêtes et les dépècent. Leurs femmes arrivent avec les charrettes pour charger les quartiers. Le lendemain, elles coupent la chair en lisière, la sèchent au soleil et préparent le pemmican en mélangeant la viande émiettée à de la graisse fondue. Elles y ajoutent des cerises à grappes ou des poires séchées, réduites en poudre pendant l'été. Les jeunes transportent des branchages pour alimenter les feux et accélérer le séchage.

Les Métis modifient aussi la fourrure du bison. Ils grattent les peaux, enlèvent le poil et le suif, puis laissent égoutter le sang, afin de les transformer en couverture. Après quelques jours de travail, les charrettes sont chargées de ballots d'aliments, de poches de pemmican et de vessies remplies de graisse ; le guide de la caravane donne alors le signal du retour.

— Nous aurons de la nourriture toute l'année, proclame Roseline.

— Avec le pemmican, répond sa belle-sœur Isabelle, nous croulerons sous le travail.

— C'est la vie des Métisses, dit Julie, dans un éclat de rire.

La chasse terminée, les gens retournent sur leur ferme pour reprendre leur vie quotidienne. L'idée de contester certains agissements des dirigeants de l'Assiniboia reste cependant une priorité pour les plus militants.

Chapitre 4

Départ

Forte de sa victoire sur la Compagnie de la Baie d'Hudson, la population continue de s'agiter dès le retour de la chasse. Jean-Louis Riel à leur tête, les Métis réclament un nouveau juge pour la population et présentent une pétition au gouverneur de la Terre de Rupert. La tension augmente et monseigneur Provencher craint une révolte. Finalement, le patron relève Adam Thom de ses fonctions et le remplace par un magistrat bilingue.

Les contestataires exigent ensuite un représentant au Conseil d'Assiniboia. Après des mois de pourparlers, la compagnie accepte la recommandation de l'évêque, à savoir de choisir le curé Laflèche. Il a cependant refusé de proposer Riel, l'un des rares Métis instruits de la Rivière-Rouge, pour éviter de choquer les autorités.

Tous espéraient ce dénouement depuis de nombreuses années, mais d'autres défis attendent les habitants de la colonie. Pour eux, la lutte pour la survie doit se poursuivre. François croise son ami Jean-Louis après la messe, sur le perron de l'église.

— Nous avons gagné la bataille grâce à toi.

— Oui, mais nous devrons en livrer d'autres, prédit Jean-Louis. Pour le moment, je reprends mes activités de « meunier de la Seine », comme m'appellent les gens.

— Papa, vous êtes un grand chef, affirme Louis.

— Toi aussi, tu pourrais devenir un grand chef, mais tu devras étudier plusieurs années.

— Et nous allons tenter l'impossible pour te le permettre, ajoute Julie en caressant la tête de son fils.

Les parents de Louis tiennent parole. Le garçon fréquente l'institution des Sœurs grises, à Saint-Boniface, baignant ainsi dans une atmosphère très pieuse. Ses cousins, Thomas et Jérôme, le côtoient sur les bancs de l'école. À la maison, Julie élève son enfant dans un esprit de ferveur chrétienne, visant presque la sainteté. D'ailleurs, elle désirait entrer chez les sœurs avant de rencontrer son mari. Louis prie avec dévotion et suit les pratiques religieuses à la lettre. Il y puise un grand réconfort.

Louis grandit aussi sous le regard bienveillant de son père, préoccupé par la destinée des Métis. Avec le temps, le garçon apprend les traditions de son peuple et participe aux excursions annuelles de la chasse et aux fêtes métisses de toutes sortes.

Puis, à la mort de monseigneur Provencher en 1853, Alexandre Taché devient évêque de Saint-Boniface. Au cours des années suivantes, la dévotion de Louis attire l'attention de l'homme d'Église. Il convainc Julie et Jean-Louis d'envoyer leur fils dans l'Est afin qu'il puisse étudier. L'évêque veut des prêtres locaux et voit déjà le garçon à la tête d'une paroisse. En 1858, accompagné de deux autres adolescents, Louis quitte Saint-Boniface en direction de Montréal.

Thomas et Jérôme se désolent de son départ, mais ils acceptent l'inévitable puisque, selon eux, il s'agit du chemin à prendre pour suivre la volonté de Dieu.

— Nous t'attendrons comme de vrais amis, promettent les adolescents.

— Nous penserons à toi, ajoute Jérôme.

— Huit années ! Autant dire une éternité, lance Louis, le regard brillant de larmes. Les choses ont le temps de changer avant mon retour.

— Tu dois suivre ta destinée, répond Thomas.

— Si seulement j'avais pu parler avec mon père. Il est en voyage d'affaires à Montréal, et je ne pourrai pas lui dire adieu...

Sa mère, Julie, arrive sur les lieux pour entendre les paroles de son fils. Des larmes coulent sur ses joues brunies par le temps passé dans les champs. Sara, Marie et Octavie pleurent le départ de leur frère et se demandent quand elles le reverront. Louis les embrasse, les rassure, et promet de revenir à la Rivière-Rouge.

— Je dirai à ton père combien tu étais triste de ne pas l'avoir serré dans tes bras avant ton départ.

Au même moment, Daniel McDougall et Louis Schmidt enlacent les membres de leur famille avant de monter dans la charrette qui les conduira jusqu'à Saint-Paul, au Minnesota. Leur accompagnatrice, sœur Valade, presse Louis de les rejoindre. Plusieurs voitures tirées par des bœufs et conduites par des Métis prennent la direction des États-Unis pour se rendre jusqu'aux rives du Mississippi où, par un hasard incroyable, Louis y rencontre son père au débarcadère du traversier.

— Papa! lance-t-il, fou de joie en lui sautant dans les bras.

Jean-Louis et son fils s'étreignent avec ardeur, comme s'ils se voyaient pour la dernière fois; malgré le bonheur qui les habite, des larmes apparaissent sur leurs joues.

— J'avais tellement peur de quitter la Rivière-Rouge sans pouvoir t'embrasser.

— J'ai prié pour arriver à temps. Le destin nous réserve parfois de grandes joies.

— Papa, dois-je vraiment partir si loin et aussi longtemps?

— Les Métis auront besoin d'hommes instruits pour les aider, mon garçon. Va à Montréal, apprends à servir Dieu, et reviens à la Rivière-Rouge.

Louis a obtenu l'assentiment de son père et les encouragements dont il avait besoin; il doit se montrer digne de sa confiance et de celle de sa famille. Le père et le fils s'enlacent de nouveau, puis l'adolescent de treize ans monte sur le bac au pas de course pour entreprendre un voyage de plusieurs semaines en bateau à vapeur, avant de prendre le train jusqu'à Montréal.

Deuxième partie

Louis Riel, fils

Chapitre 5

La vie change
à la Rivière-Rouge

Louis reçoit une lettre de sa mère qui lui apprend la mort de son père, en 1864. Bouleversé par cette soudaine tragédie, Louis abandonne non seulement son idée de devenir prêtre, mais aussi ses études au collège de Montréal, fondé par les messieurs de Saint-Sulpice. Il imitera ses camarades de l'Ouest, Louis Schmidt et Daniel McDougall, repartis à la Rivière-Rouge après trois ans d'études. Il a pourtant aimé son séjour au collège. Aussi, ses meilleurs amis tentent-ils de le persuader de poursuivre ses études.

— Tu as déjà remporté le titre du meilleur élève de notre classe, souligne Beaudin avec insistance. Ne gaspille pas ton talent ! De plus, toi seul peux nous raconter des histoires d'Indiens et nous parler des exploits des Métis et de la chasse aux bisons.

— Tu es notre plus grand poète, ajoute Fiset. On te surnomme même le Victor Hugo du collège.

Louis promet d'y réfléchir. Comme le jeune homme porte maintenant la responsabilité de sa famille sur ses épaules, il leur écrit pour les rassurer. « Mon cher papa nous a toujours donné un tel exemple. Papa, mon cher papa, continue de veiller sur nous au paradis. Nous prierons pour toi. Fais en sorte que nous ayons du courage et que nous ayons foi en Dieu. »

Pendant quelques semaines, Louis essaie de résister à la tentation de quitter le collège de Montréal, mais il n'arrive plus à se conformer aux règles.

Il accepte un emploi de stagiaire en droit à Montréal, mais une déception amoureuse bouleverse ses projets. Pour oublier la belle Julie Guernon, le jeune homme part travailler à Chicago où il y rencontre, entre autres, le poète Louis Fréchette, en compagnie duquel il écrit des vers.

Durant son périple vers Saint-Boniface, il occupe différents postes dans quelques villes, dont Saint-Paul, au Minnesota. Plus il approche de l'Ouest, plus il pense à son père décédé trop tôt. Il ne l'a jamais revu depuis sa rencontre au bord du Mississippi, et ce regret le hante.

Louis s'est transformé depuis son départ : d'adolescent timide, il est devenu un homme imposant. Son regard perçant et foncé surprend la plupart de ses interlocuteurs. Avec ses cheveux noirs bouclés, il ressemble beaucoup à Jean-Louis. Après dix années d'absence, à l'âge de vingt-trois ans, Louis revient à la Rivière-Rouge le 28 juillet 1868. La famille Riel demeure maintenant à Saint-Vital, où le père, avant de mourir, avait acquis une ferme. La mère de Louis, Julie, et les dix frères et sœurs de celui-ci, lui réservent un accueil chaleureux. Dans la soirée, ils lui racontent les derniers potins de la région.

Ses amis d'enfance, les cousins Thomas et Jérôme, attendent avec impatience de le rencontrer. Eux aussi ont beaucoup changé : d'une taille impressionnante, ils arborent des visages cuivrés, taillés à la hache, et des yeux marron. Leurs cheveux ébène touchent presque leurs épaules. Ceux-ci affichent de larges sourires on ne peut plus révélateurs sur leur bonheur de serrer la main de leur compagnon.

Louis est frappé par leur ressemblance physique ; son regard se promène de l'un à l'autre, puis se pose sur la soutane de Thomas.

— Tu vas devenir prêtre ?

— Monseigneur Taché m'a envoyé au séminaire. Je travaille à l'évêché pour le moment, mais je n'ai encore prononcé aucun vœu.

— Moi, je deviendrai fermier, déclare Jérôme. J'ai hérité de la ferme, et j'entends respecter les dernières volontés du paternel.

— J'ignore encore quel métier j'exercerai, avoue Louis. Je servirai là où le seigneur le voudra.

— Nos parents sont décédés, ajoute Thomas. Ils sont disparus dans les montagnes lors d'une expédition vers l'océan Pacifique. Ils servaient de guide à un groupe d'Américains. Grand-père Jacques s'est éteint de chagrin peu après.

— Ma mère m'a écrit à l'époque pour m'apprendre leur décès. Je désirais ardemment me retrouver avec vous lors de ces tristes événements. J'ai beaucoup prié.

Les deux cousins baissent la tête. Thomas prend la parole :

— Comme tu le sais, les sauterelles ont ravagé la prairie l'année dernière et elles sont de retour cet été. La végétation a disparu. Les animaux ont quitté la plaine pour d'autres pâturages, et la famine menace nos familles.

— Je crois que le feu produit moins de dégâts, déclare Jérôme. Les insectes couvraient tout le sol au printemps et ils ont dévoré nos récoltes.

— La nature nous réserve désastre par-dessus désastre, dit Thomas avec un soupir résigné. D'ailleurs, compte tenu de la rareté des bisons, la chasse deviendra bientôt chose du passé.

— Je ferai tout ce que je peux pour vous aider, déclare Louis.

— Le Conseil de l'Assiniboia a reçu des dons et des aliments des États-Unis et du Québec, mais rien de l'Ontario. Pour le moment, la Compagnie de la Baie d'Hudson fournit beaucoup de nourriture sans rien demander en retour.

— Si j'en crois les rumeurs, ajoute Jérôme, l'Angleterre veut céder notre territoire au Canada sans se préoccuper de notre opinion. Nous avons toujours été libres et propriétaires de nos terres. Les Métis s'inquiètent et craignent de perdre leur ferme. Depuis quelques années, des colons ontariens s'installent en grand nombre à Winnipeg. Ils s'approprient des terrains en vue de s'enrichir en spéculant sur l'éventualité de la mainmise du Canada sur le territoire.

— Ces gens nous méprisent ouvertement, déclare Thomas, indigné. Ils nous traitent de vauriens et de paresseux. Ils souhaitent que le Canada s'empare du Nord-Ouest pour nous en chasser.

— Il y a pire, ajoute Louis. Les États-Unis aussi revendiquent la Terre de Rupert. Si cela continue, les habitants devront former eux-mêmes un gouvernement légal.

Préoccupé par ces événements, Louis s'intéresse de plus en plus à la politique. *Mon retour à la Rivière-Rouge correspond sûrement à la voie qui m'est assignée,* se dit-il. *Aider mes compatriotes. C'est aussi ce que mon père aurait voulu, lui qui était toujours en quête de justice.*

Quand le jeune homme apprend que deux membres du cabinet de Sir John A.

Macdonald, William McDougall et George-Étienne Cartier, se trouvent à Londres pour négocier l'achat des territoires de l'Ouest, il s'insurge contre une telle pratique.

— Nous existons, nous, les Métis! Personne ne se donne la peine de consulter notre population?

— Nous devons agir! lance Thomas. Sinon, ces gens nous déposséderont.

Quelques semaines plus tard, l'équipe d'arpenteurs de John Snow, envoyé par le ministre des Travaux publics du Canada, s'active dans la colonie. Le bouche à oreille apporte des nouvelles alarmantes, et les rumeurs vont bon train. Des travailleurs de la route Dawson affirment que Snow a signé des contrats avec les Indiens Sauteux. Il a même enivré le chef pour usurper une partie de leur territoire de chasse. Les cultivateurs, inquiets de perdre leurs terres, tiennent une réunion à Saint-Boniface pour discuter de la conjoncture.

— Conserverons-nous nos droits sous le régime canadien? demande Janvier Ritchot.

— S'ils nous détestent tous comme le docteur John Schultz et Charles Mair, les habitants doivent craindre le pire, affirme Louis Schmidt.

Louis prend la parole et dévoile le contenu de lettres incriminant John Snow, lesquelles ont été perdues par son trésorier, Charles Mair. Elles ont été récupérées par des proches de Thomas, qui les a aussitôt remises à son ami.

— Il vend de l'alcool aux Indiens! Ces lettres le prouvent, dit-il en les laissant tomber sur la table.

— Le ministre William McDougall devra s'expliquer, lance Ritchot. Il travaille pour ses poches et celles des arpenteurs de son groupe.

L'abbé Dugas dénonce ces aventuriers venus de l'Est qui abusent des gens et profitent de leur misère pour les exploiter davantage.

— Pour s'enrichir, Schultz et Snow jalonnent des terres avec des piquets qu'ils plantent le long du chemin en construction près de Sainte-Anne; pourtant, ces terres appartiennent aux Métis. Ils profitent de la famine causée par les sauterelles pour s'emparer du bien des pauvres colons!

— Ils emploient des Métis pour construire la route, mais les paient avec des coupons, ajoute Janvier Ritchot. Les travailleurs doivent ensuite les écouler au magasin de Schultz. Cet homme est le diable en personne !

— De plus, déclare Thomas, Mair insulte la population française et anglaise du pays dans ses livres et ses poèmes. Nous devons absolument lui clouer le bec.

Quelques jours plus tard, les deux cousins réunissent un grand nombre de compatriotes dans le but de chasser l'équipe d'arpenteurs de leur territoire ; ces indésirables doivent retourner en Ontario. La population tient une assemblée devant la cathédrale de Saint-Boniface pour débattre de cette affaire. Louis prend de nouveau la parole et s'affirme comme chef ; sa voix forte et assurée tonne au-dessus de la foule :

— Ces hommes sont venus du Canada pour voler nos terres. De quel droit foulent-ils ainsi notre sol ? De quel droit mesurent-ils, arpentent-ils et volent-ils ce qui nous appartient ? Nous n'avons pas demandé à la Compagnie de la Baie d'Hudson de nous vendre au Canada : elle ne nous possédait pas ! Nous ne nous laisserons pas bousculer ainsi par ces Canadiens.

Les Métis écoutent avec attention; ils viennent de trouver leur porte-parole. Avec lui, ils pourront défendre leurs biens jusqu'au bout. Devant la fureur populaire, les représentants du ministre fuient les lieux.

Quelques mois plus tard, encore envoyée par le ministre McDougall, une seconde équipe dirigée par le colonel Dennis parvient à la Rivière-Rouge. Sans prévenir le gouverneur de la Compagnie de la Baie d'Hudson, responsable du territoire, les ouvriers commencent à arpenter les terres. Louis et ses compagnons se réunissent pour discuter des mesures à prendre quand André Nault surgit à l'improviste, interrompant les discussions :

— Les amis, j'ai besoin d'aide à la ferme !

— Que t'arrive-t-il ? demande Ambroise Lépine.

— Les arpenteurs ontariens veulent séparer ma terre de Saint-Vital !

— Nous nous rendons sur les lieux immédiatement, déclare Louis, outré du mépris des étrangers. Nous ferons déguerpir cette bande d'intrus.

À l'arrivée du groupe de Louis Riel, plusieurs voisins protestent déjà contre la présence des Canadiens.

— Quittez notre sol ! hurlent les gens.

Pour toute réponse, le colonel Dennis ordonne à ses hommes de continuer le travail. Janvier Ritchot place le pied sur la chaîne d'arpenteur.

— Vous foulez notre territoire sans autorisation.

— Nous obéissons à des ordres supérieurs, insiste le colonel Dennis.

— Retournez au Canada ! rugit Louis Schmidt. Cette terre nous appartient et nous ne laisserons pas votre gouvernement nous la voler.

André Nault et Louis Riel approuvent leur compagnon. Prêts à se colleter pour défendre leurs biens, Thomas, Jérôme et Janvier enlèvent leur manteau ; ils se dirigent vers les étrangers, l'air résolu. Avant d'en venir aux poings, les protestataires somment les intrus de déguerpir au plus vite. Les ouvriers ramassent leurs outils à la hâte avant de fuir au fort Garry.

Dennis s'empresse de porter plainte au gouverneur Mactavish, qui convoque Louis aussitôt. À son tour, le chef récrimine contre la présence de l'arpenteur général du Canada à la Rivière-Rouge. Resté dans la pièce voisine, Thomas écoute discrètement la conversation :

— Vous devez nous protéger contre la violation de nos droits.

— Suis-je toujours le gouverneur ? laisse tomber l'homme dans la cinquantaine. L'entreprise s'est engagée à rétrocéder tous ses privilèges au dominion du Canada.

— Aucun gouvernement ne possède de pouvoir légal sur nous, répond Louis avec aplomb.

— N'agissez pas comme votre père, lui conseille William Mactavish. Il a occasionné tellement de tort à la compagnie.

— Avec l'appui de ses compatriotes, il a brisé le monopole et tout le monde en a profité. De toute manière, je ne suis pas venu ici pour parler de ce que vous appelez « les erreurs de mon père ».

— Vous avez raison, le passé est le passé. Je vous serais tout de même obligé de ne pas causer de problèmes.

— Je ne sème aucun trouble inutile. Je tiens seulement à préserver les droits de mes concitoyens. Voyez ce qui est arrivé aux

Métis et aux Indiens des États-Unis qui ont été dépossédés de leurs terres et envoyés dans des réserves.

— La situation me contrarie, en effet, avoue Mactavish. Tout se décide à Londres et je ne détiens aucune influence en haut lieu. L'Angleterre consulte peu ses fidèles serviteurs. De toute façon, je n'ai plus la force de me battre : je suis atteint de tuberculose, et cette maladie va sans doute m'emporter.

— Je vous souhaite de recouvrer la santé, monsieur le gouverneur, dit le jeune homme, d'un ton sincère.

Louis pose la main sur l'épaule du gouverneur en signe de compassion. Le visiteur sort satisfait de sa rencontre avec Mactavish, car l'entreprise n'intentera aucune action en justice contre lui. De plus, jusqu'à maintenant, le clergé a semblé les appuyer et n'a pas exercé son pouvoir en chaire pour tuer le mouvement de protestation dans l'œuf.

Les arpenteurs disparus du paysage, Riel et ses compagnons s'activent pour préserver les Métis de l'hostilité grandissante manifestée par les colons ontariens, en particulier le docteur Schultz, chef du Parti canadien au

Nord-Ouest. L'homme prône ouvertement l'annexion de la région à l'Ontario. Au moment où Louis Riel apprend que Macdonald s'est débarrassé d'un ministre encombrant, William McDougall, pour le nommer lieutenant-gouverneur de la Terre de Rupert, il réagit à la nouvelle :

— Je propose de constituer un Comité national des Métis pour protéger nos droits.

— Cet imposteur ne rentrera jamais à la Rivière-Rouge, jure Ambroise Lépine.

Assuré de l'appui de son complice et ami John Bruce, et avec les judicieux conseils du père Noël Ritchot, Louis organise la résistance.

Chapitre 6

Dehors,
le lieutenant-gouverneur !

L'atmosphère devient tendue au presby-tère de Saint-Norbert. Aux yeux des Métis, réunis pour la création du Comité national des Métis de la Rivière-Rouge, le 16 octobre 1869 restera à jamais une date mémorable. Les participants élisent John Bruce comme président. Ce charpentier d'origine métis, ayant des idées bien arrêtées sur l'avenir de son coin de pays, a réussi à rallier plusieurs de ses compatriotes. Jérôme applaudit à tout rompre. Louis, nommé secrétaire, explique le but de l'organisme :

— Notre objectif consiste à unir tous les sang-mêlé de l'Assiniboia, francophones et anglophones, afin de signifier à Ottawa notre mécontentement face à leurs agissements.

— Si le gouvernement du Canada refuse d'accorder des garanties précises, ajoute le père Ritchot, une vague d'immigration anglo-protestante venue de l'Est submergera la Rivière-Rouge. Je me rallie donc aux revendications des Métis et de son chef.

— Nous sommes résolus à faire triompher nos droits les plus sacrés, déclare André Nault.

Quelques heures plus tard, Thomas et Jérôme arrivent en sueur chez Louis, à Saint-Boniface. Voyant les visages crispés de ses amis, Riel devine qu'ils ont une mauvaise nouvelle à lui annoncer. Cavaliers hors pair, les jeunes hommes ont parcouru une dizaine de kilomètres pour prévenir leurs compagnons. Le futur curé, à bout de souffle, prend plusieurs respirations avant de parler :

— Ambroise Lépine a appris, d'un ami de Pembina, que William McDougall a réservé des chambres à l'hôtel du village. D'après l'informateur, le convoi cache plusieurs caisses d'armes.

— Ils disent venir dans l'Ouest pour notre bien, s'écrit Jérôme avec rage. Pourtant, ils préparent la guerre !

— Nous devons arrêter cet imposteur de lieutenant-gouverneur à la frontière, clame Louis.

Le lendemain matin, les membres du Comité des Métis retournent à Saint-Norbert pour consulter les abbés Ritchot et Dugas.

— Si cet intrus met les pieds sur le territoire à titre de lieutenant-gouverneur, il s'alliera avec le Parti canadien du docteur Schultz, dit Louis.

— Cet homme nous méprise. Il tentera sûrement de s'emparer de nos terres, ajoute le curé Ritchot.

— Les arpenteurs et leurs amis ontariens nous traitent comme des barbares, ils ignorent pourtant tout de notre façon de vivre, affirme Ambroise Lépine.

— Nous ne sommes pas des imbéciles ! Nous allons leur montrer de quel bois les Métis se chauffent, lance Louis Riel, d'un ton ferme. Que nous conseillez-vous de faire ?

— Commençons par envoyer une note de protestation à McDougall.

Aussitôt dit, aussitôt fait.

« Monsieur,

Le Comité national des Métis de la Rivière-Rouge intime à Monsieur William McDougall l'ordre de ne pas pénétrer dans le Territoire du Nord-Ouest sans une permission spéciale de ce comité.

Louis Riel, secrétaire

Daté à Saint-Norbert, Rivière-Rouge, ce 21ᵉ jour d'octobre 1869. »

***

La décision d'interdire l'entrée du lieutenant-gouverneur dans la colonie se répand comme une traînée de poudre. Les modérés redoutent les conséquences d'un tel geste et prennent peur. À Saint-Norbert, après la messe du dimanche, les discussions s'animent. Comme toujours, les femmes arborent leurs plus beaux vêtements, et les hommes ont délaissé leurs souliers de bœuf pour porter leurs souliers mous, fabriqués avec de la peau de mouton ou de chevreuil.

— Les gens parlent d'un acte de rébellion, affirme un paroissien.

— Je dirais plutôt une résistance, répond son compagnon.

— Nous donnons notre accord pour protester, assure son ami, mais de là à combattre le Canada, le pas à franchir me semble démesuré et périlleux.

— Je vous propose de demeurer neutre face au Comité, dit l'abbé Ritchot. Vous pourrez mieux juger de l'action à prendre après coup.

Devant la grogne du groupe anglais, le Conseil de l'Assiniboia convoque Riel pour essayer de le convaincre de laisser entrer William McDougall. Le juge John Black, gouverneur suppléant en remplacement du gouverneur Mactavish, absent pour maladie, exige des explications. Mais le chef apporte des réponses claires, précises et sans équivoque sur les intentions du groupe de défense.

— Les Métis réalisent, malgré leur instruction rudimentaire, qu'on les bannira du pays à la première occasion. Le lieutenant-gouverneur restera aux États-Unis, à moins qu'Ottawa nous envoie des délégués pour discuter des termes et des conditions de son admission. Nous prendrons les moyens nécessaires pour l'empêcher de venir au fort Garry.

Le 30 octobre, William McDougall arrive à Pembina. Il confie sa femme à des membres de sa suite, puis traverse la frontière pour passer la nuit dans un poste de traite de la baie d'Hudson. Janvier Ritchot l'intercepte et lui remet la note du Comité national des Métis. Le représentant de la reine Victoria explose de colère :

— Vous n'êtes que des rebelles et des bons à rien! Jamais je ne me plierai à des menaces de ce genre.

— Le Comité vous autorise à dormir ici, mais vous devrez retourner aux États-Unis demain matin, répond Janvier avec calme.

Tôt le lendemain, le lieutenant-gouverneur délègue le capitaine Cameron et son secrétaire, Norbert Provencher, au fort Garry pour demander de l'aide, mais les gardiens métis leur bloquent l'accès à la barrière de Saint-Norbert. Construite à la hâte par les Métis avec des branches et des perches, la barricade se dresse sur les rives de la rivière Sale, près du traversier et du presbytère du curé Ritchot. Le prêtre nourrit les hommes et leur prodigue des conseils. Il leur offre aussi de coucher dans l'église pour se reposer. À son arrivée, Cameron essaie d'impressionner les résistants en s'adressant à eux sur un ton autoritaire :

— Laissez-nous passer, au nom de la reine et du Canada!

Les surveillants armés restent impassibles ; André Nault s'approche des voyageurs.

— Crois-tu vraiment qu'un Anglais hautain, même accompagné du neveu de monseigneur Provencher, nous intimidera à ce point ?

Lui et son frère Benjamin saisissent les chevaux par la bride, puis reconduisent les deux étrangers à la frontière.

Entre-temps, McDougall et son cortège se butent à la même détermination au poste de traite de la Baie d'Hudson ; Ambroise Lépine, un géant de près de deux mètres, accompagné de quatorze amis armés jusqu'aux dents, leur ordonne de retourner d'où ils viennent après avoir lu la note du Comité national des Métis. L'envoyé d'Ottawa bout de colère.

— De quel droit ?

— Sur l'ordre du peuple de la Rivière-Rouge, réplique du tac au tac Baptiste Tourond.

— Je ne reconnais pas ce pouvoir au Comité.

— Nous en discuterons plus tard, déclare Jérôme.

— Voici le document qui me nomme lieutenant-gouverneur.

Pour toute réponse, Ambroise Lépine lève son fusil et le braque sur l'étranger. Ses compagnons l'imitent aussitôt.

— Vous ne pouvez entrer légalement sur le territoire en tant que lieutenant-gouverneur avant la prise de possession officielle du Canada. Vous prendrez livraison de votre royaume une autre fois.

Mortifié, William McDougall garde un long silence. L'homme fixe le canon de la carabine dirigé vers lui, puis dévisage son interlocuteur un moment avant de faire demi-tour avec sa suite.

— Rejoignez votre femme à Pembina, lui conseille Jérôme.

— Je reviendrai le premier décembre, la date fixée pour le transfert du Nord-Ouest, répond l'homme avec rage.

L'opération terminée, Jérôme galope jusqu'à Saint-Boniface pour rencontrer Louis et le mettre au courant de la situation. Le chef se réjouit du départ de McDougall.

— J'ai pensé à un nouveau projet. J'aimerais avoir tes commentaires.

— Raconte vite !

Sur les entrefaites, Julie Lagimodière entre à l'improviste et interrompt la conversation. Les deux jeunes hommes l'embrassent sur les joues. Louis enlace tendrement sa mère de ses bras puissants.

— Quelle belle surprise de vous voir ! Votre visite me comble de joie, ma chère maman. Que me vaut cet honneur ?

Louis devine une légère inquiétude chez sa mère, malgré son joli sourire.

— Je voulais savoir comment tu allais, Louis. Ta santé me préoccupe beaucoup.

— Comme vous pouvez le constater, je me maintiens en forme. Le travail de secrétaire m'occupe énormément.

— Tant mieux. Je souhaite te garder longtemps auprès de nous.

— Vous me cachez la véritable raison de votre présence, mère. Allez, dites-moi la vérité.

Après un moment d'hésitation, Julie remet une lettre à son fils.

— Ta sœur Sara m'a envoyé un sage avertissement pour toi dans sa dernière lettre, dit-elle. Elle te recommande la prudence.

Louis lit le message avec attention, puis le redonne à sa mère sans prononcer un mot.

— En tant que religieuse, Sara connaît sans doute des secrets que nous ignorons. Elle te conseille de te faire accompagner lorsque tu sors, le soir ou la nuit, et de toujours surveiller tes arrières. Tu as plusieurs adversaires à la Rivière-Rouge ; ils n'hésiteront pas à t'éliminer. Promets-moi de rester prudent, Louis, et de ne plus te promener en solitaire pour un certain temps.

— Je vous rassure tout de suite, mère. Thomas et Jérôme veillent constamment sur moi. Ambroise Lépine prend aussi les menaces des Canadiens de Schultz très au sérieux.

— Une bonne sœur comme Sara reçoit beaucoup de confidences. Jure-moi de te méfier autant des étrangers que de ton entourage.

— Je vous le promets, maman.

Julie quitte la maison de son fils, mais son visage exprime encore une très grande anxiété.

— Et ce projet ? demande Jérôme.

Louis sourit, place la main sur l'épaule de son ami, puis jette un œil à la fenêtre pour suivre la voiture de sa mère des yeux ; elle se dirige vers Saint-Vital. L'esprit vif de Riel se tourne alors vers le fort Garry.

Chapitre 7

Coup d'éclat

Dans les jours suivant l'expulsion de McDougall, les Canadiens protestent et s'insurgent du traitement indigne infligé au lieutenant-gouverneur. Le juge Black désire exercer des représailles contre les résistants, mais Mactavish s'y oppose. Louis craint cependant un coup de force venant des partisans du docteur Schultz et décide de s'emparer du fort Garry. Il en parle à Jérôme et à Thomas et leur fait promettre de garder le secret.

— Le fort constitue le centre géographique et stratégique de la colonie. Quiconque contrôle cet endroit domine la Rivière-Rouge. Le temps est venu d'agir.

— Que diras-tu au gouverneur Mactavish et à son adjoint, William Cowan? demande Jérôme.

— Rien. La compagnie possède trop peu d'effectifs pour nous empêcher d'agir. Nous les garderons prisonniers afin d'empêcher toutes tentatives de leur part de contrecarrer nos plans.

Ambroise Lépine se frotte les mains de satisfaction quand Louis lui confie son intention de se rendre maître du fort Garry.

— Si j'écoute les rumeurs, les partisans canadiens du docteur Schultz projettent de nous attaquer, puis de nous massacrer, explique Lépine. Nous devons passer aux actes, mais sans effusion de sang.

Les Métis suivent la suggestion de leur chef militaire ; le 2 novembre, à partir de quinze heures, des hommes entrent dans le fort par groupe de deux ou trois, habillés comme de simples chasseurs, sans effrayer personne ni éveiller les soupçons.

— Au moins quatre cents combattants se promènent maintenant sur les lieux, murmure Thomas à l'oreille de Lépine.

— Le docteur Cowan commence à se méfier de notre présence à l'intérieur du fort, confie Elzéar Goulet.

Accompagné de Pierre Parenteau, Louis presse le pas pour aller à la rencontre de l'officier responsable, qui semble surpris de l'initiative du Comité. Il proteste :

— Que venez-vous faire ici avec des gens armés ? Et de quel droit ?

— Nous devons protéger le fort Garry, répond Louis Riel.

— Mais contre qui ?

— Contre un danger imminent qui nous menace.

— Mes amis passeront la nuit à l'intérieur des murs, l'informe Pierre Parenteau. Bien sûr, vous devrez les nourrir. Soyez sans crainte, mes hommes ne toucheront à rien.

— Vous défiez l'autorité ! lance le docteur Cowan.

— Quelle autorité ? demande Louis, sur un ton ferme. La Rivière-Rouge ne possède aucun gouvernement, sauf celui des Métis.

Soucieux d'éviter un conflit entre les ethnies et compte tenu du peu d'hommes qu'ils ont à leur service, Mactavish et le Conseil de l'Assiniboia se soumettent à la volonté de Riel.

— Nous fermerons les portes à la tombée du jour, et des sentinelles les garderont, précise Joseph Delorme. Comme en temps de guerre.

Pour maintenir l'ordre dans la colonie et prévenir une attaque des Canadiens, Lépine déploie des soldats le long des routes menant au fort. En accord avec le Comité des Métis, Riel adresse une proclamation aux villages à majorité anglophone pour suggérer aux habitants de se choisir douze délégués afin de participer à une convention susceptible d'unifier les deux groupes, laquelle se tiendra le seize novembre. Le but d'un tel rassemblement, explique-t-il, est de parler d'une seule voix quand viendra le temps de négocier avec le Canada.

Malgré une première réaction plutôt négative, les sang-mêlé anglais et écossais acceptent l'invitation dans l'espoir de persuader les Métis à respecter l'autorité; aussi ont-ils l'intention de libérer le fort Garry et de ramener les insurgés à de meilleurs sentiments envers McDougall. L'avocat métis, James Ross, et Louis Riel dominent les débats pendant la réunion, chacun défendant son parti et ses idées. D'entrée de jeu, Ross demande de remplacer Riel et Bruce à la tête du mouvement, requête aussitôt rejetée par leurs partisans.

En dépit de leurs divergences d'opinions, afin d'éviter une guerre civile, Ross se dit en faveur de l'union des francophones et des anglophones. Au milieu de la discussion, le docteur Cowan exige de lire une déclaration ordonnant aux agitateurs de déposer les armes et de rentrer dans leur foyer.

— Ce document lui a été dicté par William McDougall, affirme Riel.

— Votre action constitue maintenant un acte de rébellion, déclare Ross. Il devient difficile, dans les circonstances, de plaider l'ignorance.

— Les Métis ne se rebellent contre aucun gouvernement, puisque l'Angleterre n'a pas encore approuvé le transfert de pouvoir, répond Riel au porte-parole anglophone. Nous demeurons fidèles à notre patrie et nous la protégeons contre ceux qui la menacent. Nous voulons que le peuple de la Rivière-Rouge reste un peuple libre. Aidons-nous les uns les autres.

— Nous sommes tous frères ou parents, ajoute Ross. Je fais appel à la solidarité de tous. Même monsieur Mactavish nous recommande d'adopter des décisions pratiques au cours de cette assemblée. Unissons-nous ! Et le mal qu'il redoute, soit la guerre civile, ne se produira pas. Les propres enfants du gouverneur sont des sang-mêlé, comme nous, et il désire le bien de ce pays.

Les séances du conseil du 16 et du 22 décembre se terminent malgré tout par un échec. Lépine demande à parler à Louis, au curé Ritchot et aux cousins Boucher pour planifier la prochaine réunion.

— Nous devons prendre les délégués de vitesse.

— Que me conseillez-vous ?

Tous les cinq se retirent pour délibérer sur la situation de plus en plus préoccupante. Le lendemain, Riel ferme le journal hostile *Nor'Wester*, puis saisit les livres et l'argent du Conseil de l'Assiniboia. Pour ajouter à la surprise, il propose de former un gouvernement provisoire. Même ses partisans accueillent cette suggestion plutôt froidement ; de leur côté, les Anglais restent stupéfiés quand ils apprennent la nouvelle. À la reprise des débats, les délégués exigent de consulter leurs compatriotes. Riel en convient, mais prend le temps d'expliquer son point de vue.

— La création d'un gouvernement nous permettra d'entamer des négociations sur un pied d'égalité avec les représentants d'Ottawa. Nous en aurons besoin pour parvenir à une entente avec le Canada. Le gouvernement provisoire comprendra un nombre égal de francophones et d'anglophones.

Thomas lit ensuite un message envoyé à McDougall par le premier ministre et dont un éclaireur a pris connaissance :

« Si vous ne pouvez pénétrer sur le territoire convoité, aucun gouvernement légal ne pourra exister et l'anarchie suivra nécessairement. Dans un tel cas, il est quasi admis par la loi des peuples que les habitants peuvent former un gouvernement *ex necessitate* pour la protection de leur vie et de leurs propriétés. »

Les délégués anglophones repartent abasourdis par ces dernières révélations et demandent un temps de réflexion. Pour leur part, les partisans de Louis Riel sortent de la réunion le sourire aux lèvres ; cet aveu du premier ministre canadien signifie que le cabinet fédéral examinera la question. Par ailleurs, le Comité des Métis reçoit des rapports inquiétants sur les agissements du docteur Schultz.

— Il voulait empêcher les délégués anglophones de participer à la convention et il a raté son coup, dit Louis Schmidt. Il manœuvre maintenant pour la faire échouer.

— Des éclaireurs m'ont rapporté que des Canadiens ont réussi à traverser nos barrières de Saint-Norbert, indique Ambroise. Ils ont rencontré McDougall à Pembina.

— Ils vont sûrement exagérer la situation ou lui raconter des demi-vérités sur les événements, déclare Louis, irrité. Et ce véreux de McDougall les croira sur parole. Nous devons trouver le moyen de réduire l'influence de Schultz.

Le premier ministre MacDonald finira-t-il par prendre nos revendications au sérieux? se demandent Louis Riel et ses partisans.

Chapitre 8

Audace et courage

Pendant la semaine, Louis Riel raffine ses arguments face à l'habile avocat Ross, mais se dit prêt à lui consentir certaines concessions, en dépit de leur divergence d'opinions.

D'ailleurs, d'après les informateurs de Thomas, McDougall prépare deux proclamations : la première pour affirmer que le transfert de juridiction a eu lieu, la seconde pour annoncer son entrée en fonction. Il confie ensuite au colonel Dennis le mandat de lever une armée pour désarmer les colons et maintenir l'ordre. Les cousins Boucher mènent leur petite enquête et rassurent Louis :

— Les sang-mêlé anglais refusent de s'engager dans la milice pour se battre contre leurs frères. Ils ont répondu à Dennis que le dominion du Canada doit régler ce litige seul.

— McDougall l'ignore, mais les Métis les ont aidés lors de la dernière famine. Ces gens s'en souviennent encore.

À la reprise de l'assemblée, le 1er décembre, date fixée pour le transfert du Nord-Ouest, Riel et son groupe se disent résolus à interdire la venue du lieutenant-gouverneur à la Rivière-Rouge. Ambroise Lépine lance une mise en garde :

— Il confiera des postes à Schultz et à ses amis ; les Métis n'obtiendront rien de lui.

— Je doute que le transfert s'effectue vraiment, déclare Thomas.

Dès l'ouverture de l'assemblée, Riel réserve une surprise à Ross.

— Si McDougall est vraiment gouverneur aujourd'hui, il doit nous prouver son désir de bien traiter les Métis. S'il garantit nos droits et acquiesce à nos revendications, j'irai moi-même à sa rencontre pour l'escorter jusqu'à la Rivière-Rouge.

— Quel genre de revendications ?

— Si vous nous permettez d'en débattre entre nous, je reviendrai avec nos demandes précises, lance-t-il à Ross.

Après un ajournement de deux heures, Louis présente la liste des réclamations.

— Nous réclamons, entre autres, l'élection par le peuple de la Rivière-Rouge de leurs représentants à l'Assemblée législative, l'affectation de sommes d'argent pour la construction d'écoles, de routes, de ponts et d'autres travaux publics, l'obligation de reconnaître le français et l'anglais comme langues officielles au Parlement et devant les tribunaux...

Riel continue à formuler ses exigences; malgré les réticences, il sent une certaine ouverture de la part des anglophones.

— Le Conseil autorisera William McDougall à entrer dans la colonie s'il nous donne l'assurance que ces demandes seront acceptées. Il doit promettre d'obtenir l'adhésion d'Ottawa.

La réunion se termine encore une fois dans la division, mais Riel garde espoir. Toutefois, la tension monte parmi les opposants. Pour contrer la mission du colonel Dennis de lever une armée, le chef ordonne à ses hommes de saisir toutes les armes et toutes les munitions entreposées dans les magasins de Winnipeg. L'adjudant Lépine croit d'ailleurs à une attaque imminente des adeptes de Schultz.

— Les Canadiens vont tout essayer pour nous renverser. Agissons avant que

McDougall n'envahisse la place et la corrompe avec ses idées préconçues. Affrontons-les à armes égales !

— Notre audace porte ses fruits, répond Louis. Le nombre de nos alliés augmente de jour en jour. Les neutres changent d'avis et se joignent maintenant au mouvement.

Au moment où Thomas et Jérôme lui mentionnent que les partisans du docteur Schultz ont distribué les messages de McDougall dans les maisons des villages anglophones, Riel cherche le meilleur moyen de remettre au chef du Parti canadien la monnaie de sa pièce.

Chapitre 9

Opération porc

À bride abattue, Elzéar Lagimodière et Joseph Delorme arrivent au fort pour prévenir Louis de l'arrivée d'un chargement de porc envoyé par le gouvernement fédéral pour nourrir les arpenteurs du colonel Dennis.

— À quel endroit gardent-ils cette viande ?

— À l'entrepôt du docteur Schultz, près de sa maison.

— Je veux cette nourriture pour subvenir aux besoins de nos partisans, ajoute Ambroise Lépine.

Riel lui donne raison ; la cargaison ne doit surtout pas tomber entre les mains de Dennis. Il voit ainsi l'occasion de neutraliser le chef du Parti canadien et de frapper un grand coup. Thomas intervient :

— Nos éclaireurs les espionnent ; une cinquantaine d'hommes armés protègent la propriété.

— La demeure se trouve à un peu plus d'un kilomètre du fort Garry, dit Ambroise. Je propose de transporter deux canons jusque-là et de tirer sur eux, s'ils résistent, bien entendu.

L'opération s'organise rapidement et le convoi se met en branle. La troupe cerne aussitôt le bâtiment, prête à engager le combat ; les Canadiens le savent. Louis leur sert un ultimatum :

— Vous bénéficiez de quinze minutes pour vous rendre.

Un long silence suit, puis le docteur Schultz sort enfin sur le balcon.

— Je capitule, mais mes amis et moi comptons sur votre indulgence.

— Je vous donne ma parole, répond Riel.

Peu à peu, les traits tirés par la fatigue et visiblement malheureux du dénouement de l'affaire, les partisans du docteur quittent la résidence. Les combattants réunissent les prisonniers, les attachent ensemble pour les conduire au fort Garry, puis chargent le porc dans les charrettes.

Après des heures passées à l'extérieur, le visage fouetté par le vent glacial de la prairie, les soldats métis entrent dans la maison de Schultz pour se réchauffer un moment. Fait inusité, les Anglais ont éteint les poêles malgré le grand froid de décembre 1869. Les sang-mêlé sont d'abord étonnés ; Ambroise Lépine, pour sa part, est soupçonneux.

— Inspectons toutes les pièces avant d'allumer le feu. C'est anormal de laisser les poêles s'éteindre par un temps pareil.

Les hommes partent chacun de leur côté pour jeter un coup d'œil dans les pièces de la maison. Un cri de Thomas alerte Ambroise :

— Viens vite !

Ambroise rejoint Thomas dans une chambre et découvre un amas de poudre sous le lit.

— J'en ai trouvé dans les étagères, déclare Riel.

— Ces bandits en ont placé dans les tuyaux ! ajoute Louis Schmidt.

— Nos hommes l'ont l'échappé belle, lance Thomas, encore sous le choc.

Jérôme sort en trombe pour s'adresser aux prisonniers.

— Vous avez comploté pour tuer des dizaines de personnes. C'est insensé! Si je m'écoutais, je vous éliminerais tous!

— Compte tenu du racisme dont vous faites preuve depuis toujours envers les Métis, lance avec raillerie Joseph Delorme aux prisonniers, notre victoire doit beaucoup affecter votre moral. Sommes-nous toujours des êtres inférieurs, des paresseux et des sales?

Pressentant des représailles, personne ne répond.

— À partir de maintenant, vous êtes des prisonniers politiques de la Rivière-Rouge, explique Louis Riel à Schultz et à ses partisans. Nous vous traiterons dignement si vous vous conduisez bien. D'ailleurs, nous vous réservons une autre surprise demain.

En fait, le lendemain matin, 8 décembre, le Comité national des Métis disparaît, et le gouvernement provisoire de la colonie de la Rivière-Rouge prend la relève. Louis Riel agira comme secrétaire et assistera John Bruce, devenu président.

— Au nom du peuple du Nord-Ouest, déclare-t-il à ses partisans, l'exécutif entamera des négociations avec le Canada pour le bien et la prospérité de notre jeune nation.

Deux autres bonnes nouvelles, apportées par Ambroise Lépine, réjouissent les combattants :

— McDougall est retourné à Ottawa.

— Bon débarras! clame Thomas en secouant sa soutane noire pour la débarrasser d'une poussière imaginaire.

— De plus, le colonel a renoncé à lever une armée et a rejoint son patron.

Un tonnerre d'applaudissements accueille les paroles de l'adjudant. Les soldats hissent alors le drapeau de la nouvelle autorité, un emblème blanc décoré d'une fleur de lys.

Présent à la cérémonie, l'abbé Noël Ritchot, un homme calme à la barbe noire, arbore un large sourire quand le regard de Louis croise le sien. Le conseiller principal se montre fier et satisfait des succès de son jeune protégé de vingt-cinq ans. Avant de quitter le fort Garry pour Saint-Norbert, le prêtre discute de la situation avec Riel et ses amis.

— Maintenant, Ottawa réagira aux événements et à nos revendications.

— Le premier ministre Macdonald va sans aucun doute se rendre compte de la gravité de la situation, répond Louis.

— Le départ de McDougall fait sûrement suite à un ordre du cabinet fédéral, dit le curé. Il tenait trop à son royaume pour partir de son propre gré.

— Les Canadiens devraient comprendre, déclare Thomas. Nous voulons juste nous protéger.

— Ils ont le pouvoir, la force du nombre et l'armée pour envahir nos terres, précise l'abbé Ritchot. Il ne faut pas l'oublier.

— Le temps est venu de réfléchir aux moyens à prendre avec les fédéraux pour qu'ils restent chez eux, ajoute John Bruce.

— La situation ne doit pas s'envenimer outre mesure, déclare le révérend.

Tous acquiescent d'un signe de tête. Les résistants savent qu'ils devront jouer de prudence.

Le 27 décembre, en raison d'une maladie, John Bruce démissionne; Louis le

remplace comme président du gouvernement provisoire, et Louis Schmidt devient
son secrétaire.

Chapitre 10

Négociations
et trahisons

Selon le curé Ritchot, deux solutions s'offrent au gouvernement canadien : une expédition militaire ou une mission de paix.

— En plein hiver, les troupes devraient passer par les États-Unis, mais comme les Américains convoitent le Nord-Ouest, ils leur refuseront sûrement le passage.

— Nos voisins enverront sans doute des émissaires pour nous persuader d'être gentils, répond le jeune président en plaisantant.

En fait, trois délégués du fédéral, dont deux Canadiens français, arrivent à la Rivière-Rouge ; ils se présentent comme étant des conciliateurs. Il s'agit de l'abbé Jean-Baptiste Thibault, ancien missionnaire dans l'Ouest, et du colonel Charles de Salaberry, le fils du héros de la bataille de

Châteauguay. Quant au troisième, Donald A. Smith, il possède le vrai pouvoir de négocier avec le chef métis.

Mais, Louis reste sur ses gardes; en l'absence de Smith, il s'empare des papiers des autres représentants, qu'il fait surveiller de près. Thibault se retire à l'archevêché. De son côté, lors d'un entretien avec Louis Riel, Salaberry tente de le soudoyer avec un montant d'argent et un poste de policier pour l'amener à adoucir ses positions. Dans la pièce voisine, Thomas se sent outré en entendant les propos du militaire.

— Je me méfie encore plus de Smith, lui confie son ami quand ils discutent de l'offre de Salaberry. Depuis son arrivée à la Rivière-Rouge, des Métis ont soudainement changé de camp, comme mon cousin Charles Nolin.

— Ces vendus nous ont toujours appuyés et, maintenant, ils essaient de miner ton autorité! Smith a sûrement saupoudré de l'argent ici et là pour obtenir des appuis et diviser nos forces. Tu le vois demain : tu pourras juger de sa sincérité.

Lors de la première rencontre, le délégué demande à Riel de convoquer une assemblée de tous les habitants de la Rivière-Rouge pour les informer.

— J'aimerais d'abord vérifier vos lettres de créance.

— J'ai tout laissé à Pembina.

— Je refuse d'entreprendre des pourparlers sans avoir l'assurance qu'Ottawa vous a donné le mandat de négocier.

Malgré ses hésitations, Smith confie à son beau-frère, Richard Hardisty, la tâche de retourner à Pembina afin de lui rapporter les documents. De plus en plus méfiant, Louis lui offre deux gardes du corps. Le docteur Cowan, l'adjoint de Mactavish, détache alors trois Métis, dont Pierre Léveillé, avec la mission de suivre discrètement le trio. À leur retour, Riel et l'abbé Ritchot les attendent à Saint-Norbert; ils exigent les papiers et tentent de s'en emparer. Léveillé entre dans le presbytère en coup de vent, sort son pistolet et menace le chef.

— Je n'hésiterai pas à t'abattre si tu persistes à t'opposer aux délégués du gouvernement, lance-t-il, les yeux exorbités.

Le président reste stupéfait du revirement de Pierre, un partisan de la cause depuis toujours. Son regard féroce reste braqué sur Louis.

— Que t'arrive-t-il, voyons ? Nous devons rester unis ! Si nous ne nous soutenons pas les uns les autres, ces étrangers chasseront les gens de leurs terres et les déposséderont !

Léveillé baisse les yeux ; Riel comprend vite la situation.

— Combien ces Canadiens t'ont-ils payé pour les appuyer ?

— J'agis comme je l'entends, en homme libre !

— Gare à toi, si j'apprends que tu as trahi ton peuple pour de l'argent ! le prévient Thomas. Tes amis d'aujourd'hui deviendront les bourreaux des Métis. Souviens-toi de ces propos !

Le lendemain, au fort, sous l'insistance de Smith, Nolin et Léveillé, Louis se voit contraint de convoquer une réunion pour exposer les intentions du Canada.

Le 19 janvier 1870, en plein air et à moins vingt-huit degrés Celsius, plus de mille personnes se présentent pour écouter les arguments de chacun. Smith commence son allocution :

— Avant tout, je demande aux responsables d'abaisser le drapeau métis, dit le délégué.

Une rumeur de mécontentement s'élève de la foule, le forçant à abandonner cette idée. Le Canadien n'insiste plus et lit un message du gouverneur général :

« Le peuple peut se rapporter en toute confiance à la protection promise aux différentes dénominations religieuses ; nous respecterons les titres de propriété, ainsi que toutes les franchises existantes. »

Louis traduit la lettre à l'intention des Métis français, puis prend la parole à son tour :

— Des mots, seulement des mots, mais rien de concret pour les mettre en application.

— Que suggérez-vous ? demande Smith.

— Je propose d'élire quarante délégués sur-le-champ, vingt francophones et vingt anglophones, pour débattre de la question. Nous devons discuter ensemble pour le bien du pays.

Les participants acceptent cette suggestion, mais en rejettent plusieurs autres présentées au cours de la réunion. Le représentant d'Ottawa intervient pour dénouer l'impasse :

— On m'autorise à lancer une invitation aux représentants de la convention.

— Laquelle ? s'informe Ross.

— L'envoi d'une délégation à Ottawa afin de s'entendre sur la liste des droits.

— Alors, reconnaissez le gouvernement provisoire ! s'exclame Louis. La Compagnie de la Baie d'Hudson ne possède plus aucun pouvoir.

Les discussions du groupe des quarante durent jusqu'au 10 février. Les membres écossais hésitent, mais le gouverneur Mactavish, malade et fatigué, les incite à supporter Riel. Des Anglais et des Français le rencontrent d'ailleurs à son bureau de fort Garry. La santé du gouverneur décline et il voudrait régler le litige avant sa mort.

— Le Conseil de l'Assiniboia existe-t-il encore ? demande Ross.

— Non, répond Mactavish.

— Les différents partis doivent s'unir, enchaîne Riel.

— Non seulement il s'agit d'une nécessité, mais pour l'amour de Dieu, faites vite ! Nous parviendrons à la paix à cette condition seulement, laisse tomber Mactavish.

— Mais votre autorité !

— Laissez-moi mourir tranquille ! Travaillez pour la population.

Reconfirmé dans son poste de président, Louis Riel peut enfin aller de l'avant avec ses projets. Cependant, l'évasion de plusieurs prisonniers, dont Charles Mair et Thomas Scott, pourrait contrecarrer ou retarder ses projets. Les cavaliers métis en capturent quelques-uns, mais les autres se regroupent à Portage-la-Prairie. Jérôme annonce la mauvaise nouvelle à son ami :

— Schultz vient aussi de s'échapper. Il a sauté par la fenêtre de sa cellule ; d'après les éclaireurs, il s'est blessé dans sa chute.

— Ce raciste n'a plus rien à perdre à présent. Il résistera jusqu'à la mort si nous insistons pour l'appréhender. Occupons-nous plutôt de Mair et de Scott.

— Ces deux bandits recrutent des volontaires pour renverser le gouvernement provisoire.

— Qui les commande ? demande Louis en fronçant les sourcils.

— Le major Boulton.

— À mon avis, cet officier manque d'audace. Il hésitera avant de nous attaquer.

— Tu as raison! D'après nos renseignements, il croit que la bataille est perdue d'avance. Son entourage, par contre, l'incite à foncer.

Pourtant, le major est déjà en route. Fort d'une information selon laquelle Louis aurait couché chez son cousin Henry Coutu, comme cela lui arrive souvent, lui et ses partisans marchent sur Winnipeg et investissent la maison de Coutu.

— En avant! crie Boulton.

— À mort, Riel! scandent les autres.

Les Canadiens fouillent la résidence de fond en comble. Au lieu de Louis, ils trouvent Thomas en plein sommeil. Coutu, réveillé par le tumulte, proteste de toutes ses forces :

— Qui vous autorise à envahir le domicile des honnêtes gens? Vous vouliez tuer Riel!

Thomas revêt sa soutane en toute hâte et se dirige vers Portage-la-Prairie pour enquêter sur la situation. Son appartenance religieuse lui permet d'aller et de venir sans risquer d'être arrêté de façon arbitraire. Rendu sur place, il apprend que Schultz a tenté de recruter des hommes pour renverser le gouvernement provisoire. Devant le refus des sang-mêlé anglais de s'engager à ses côtés, il s'est enfui en Ontario, à Fort-William. Le jeune Boucher retourne en vitesse à Winnipeg pour prévenir son ami.

Pour couper l'herbe sous le pied à Boulton et au Parti canadien, Louis libère les derniers prisonniers. Devant un acte aussi indulgent, les adeptes du major l'abandonnent peu à peu. Le chef militaire décide alors de regagner Portage-la-Prairie, mais il doit passer près du fort Garry. Le 17 février, des éclaireurs alertent Ambroise Lépine de la présence du groupe armé.

— Les Canadiens nous attaquent! crie Joseph Delorme.

— Rassemble les combattants, ordonne Ambroise. Nous devons les arrêter et les emprisonner.

Jérôme Boucher et Ambroise Lépine, suivis par une cinquantaine de Métis à cheval et à pied, foncent sur les restes de l'armée de Boulton. William O'Donoghue, enseignant en mathématique qui a laissé ses études à la prêtrise pour se joindre au mouvement des Métis, les accompagne.

— Ne tirez pas! hurle l'officier à ses soldats. Ils vont nous massacrer.

— Jetez vos armes! les enjoint Ambroise. Les mains derrière la tête!

Les Métis capturent quarante-huit prisonniers, dont Thomas Scott, l'un des évadés.

— Votre chef a agi comme un lâche, clame Jérôme. Il s'est enfui et vous a laissés seuls, alors que vous vous débattiez contre la neige et le froid.

Les gardes enferment les détenus dans les cellules du fort Garry; Louis tient aussitôt un conseil de guerre, et on décide de condamner Boulton à mort.

Chapitre 11

Une main de fer
dans un gant de velours

Après de longues discussions avec l'abbé Ritchot et Ambroise au sujet de Boulton, Louis passe une nuit blanche à réfléchir. Tôt le lendemain matin, Riel rend visite à son prisonnier dans sa cellule.

— Major, préparez-vous à mourir à l'aube.

Résigné à son sort, le prisonnier se contente d'observer son visiteur en silence. La nouvelle se propage rapidement à la Rivière-Rouge. Aussitôt, diverses personnalités demandent la grâce de Boulton, y compris Oscar Malmros, le consul américain. Une conversation avec Donald Smith, le négociateur d'Ottawa, amène Riel à faire un compromis. L'émissaire craint un dérapage et lui fait une proposition pour dénouer l'impasse, celle d'effectuer une alliance pacifique entre le Canada et la Rivière-Rouge.

— J'accepterais de tout cœur, le rassure Louis. Je ne demande pas mieux. Nous revendiquons seulement nos droits comme sujets britanniques et nous souhaitons que les Anglais d'ici s'associent à nous pour les obtenir.

— Alors, je les persuaderai, répond Smith.

— Si vous y parvenez, la Rivière-Rouge échappera à la guerre civile, ajoute le chef. La vie des Canadiens de la colonie dépend maintenant de votre succès à les inciter à de meilleurs sentiments.

Riel tient parole et gracie l'officier ; l'archidiacre McLean lui annonce aussitôt la bonne nouvelle. Louis rend visite à Boulton dès le départ du religieux.

— Major, je désire vous soumettre une proposition. Les Anglais manquent de meneurs, et je vous suggère de prendre cette place. Voulez-vous entrer dans mon gouvernement ?

— Quoi ? Ai-je bien compris ?

— Oui !

— J'accepte à deux conditions : vous m'autorisez à rentrer à Portage-la-Prairie afin de prendre conseil auprès des miens et vous libérez les prisonniers.

— Je consulterai aussi mes hommes. Je suis devenu président par leur volonté.

Derrière la porte, Jérôme et Thomas se serrent la main et esquissent un large sourire sous leur épaisse barbe noire. Louis cache difficilement sa satisfaction quand il les rejoint : Smith et McLean encouragent les Anglais à se joindre à lui, Schultz s'est enfui en Ontario, et il vient de neutraliser Boulton. Une victoire complète !

— Je dois maintenant convaincre nos partisans de libérer les Ontariens.

— Agis vite, lui conseille Jérôme. Thomas Scott ne cesse de tenir des propos racistes à l'égard des surveillants. Il se moque de nos ceintures fléchées, de nos mocassins et de notre mode vie en général.

Pendant ce temps, le jeune colosse de près de deux mètres, méprisant et arrogant, âgé de vingt-cinq ans et originaire d'Irlande du Nord, profère des insultes à l'endroit des gardes. Louis s'inquiète de la réaction de ses amis devant les paroles blessantes de cet orangiste ontarien, émule du docteur Schultz.

Georges Dugas arrive en coup de vent dans le bureau de son chef.

— Les hommes tolèrent mal les invectives que lance Thomas Scott de son cachot. Cet homme rempli de haine envenime la situation à un point ou c'est devenu insupportable pour tout le monde. Il crache sur les gardes et ces derniers projettent de lui donner une raclée dont il se souviendra.

— Je vais tenter de calmer cette tête brûlée avant qu'il ne soit trop tard, répond Louis.

Le président se rend à la prison en catastrophe pour essayer de raisonner le prisonnier récalcitrant. L'un des gardiens présente un visage ensanglanté et menace de tuer Scott pour se venger. Il pointe son fusil vers lui. Le captif lui crache de nouveau au visage.

— Je te préviens une dernière fois.

— Qui m'arrêtera? Certainement pas un sale Métis!

— Que dis-tu?

— Apprends au moins à parler anglais. Bientôt, les soldats viendront de l'Ontario pour s'emparer du fort. Toi et tes copains, vous vous balancerez au bout d'une corde et je me tordrai de rire en vous voyant tous pendus.

— L'Irlandais insulte tout le monde, raconte le blessé. Tu dois intervenir.

— Les Métis sont une horde de poltrons ! hurle le détenu.

— Sois raisonnable, Scott, demande Louis. Je ne pourrai retenir mes compagnons bien longtemps. Tes amis ont agi avec plus de sagesse : ils ont consenti à se conformer au nouveau gouvernement et nous les avons libérés. Nous détenons le pouvoir, maintenant, et tu as le choix de t'incliner ou de moisir en prison.

— Vous, le pouvoir ! Laissez-moi rigoler. Une tribu de Métis catholiques. Il fera beau en enfer le jour où j'obéirai à vos ordres. Toi et ta bande de lâches, croyez-vous vraiment m'effrayer ?

— L'insubordination est un crime impardonnable chez les Métis pendant la chasse.

— Nous ne sommes pas à la chasse, et je ne suis pas Métis, Dieu merci ! Vous n'oserez jamais me fusiller. Je déteste les Métis catholiques.

— Tu vas trop loin, Scott. Ta vie ne pèse pas lourd dans la balance. Tu as soulevé la grogne de tes geôliers, je serai incapable de te sauver si tu continues d'offenser mon peuple.

Au milieu d'un rire sarcastique, le prisonnier insulte de nouveau Louis, qui retourne à ses appartements pour prendre une décision sur le sort de ce prisonnier. Riel préfère éviter l'effusion de sang, mais lorsqu'il en discute avec William O'Donoghue, le trésorier du gouvernement provisoire, ce dernier démontre moins de compassion envers l'encombrant détenu.

— Ne pas le punir pourrait être interprété par les Métis comme un signe de faiblesse de ta part. Tu es beaucoup trop souple. Es-tu le chef, oui ou non ? Alors, montre-le !

Advienne que pourra, pense Louis. La tension est suffisamment forte pour le convaincre de prendre la décision de traduire Scott devant un conseil de guerre.

À titre de chef militaire, Ambroise Lépine préside le tribunal qui condamne Scott à la peine de mort. Elzéar Lagimodière propose de l'expulser du pays au lieu de le faire fusiller. Ambroise se range du côté du groupe majoritaire, favorable à l'exécution du prévenu, soit André Nault, Joseph Delorme et Elzéar Ménard.

Le lendemain, la nouvelle soulève un concert de protestations, surtout de la part du clergé. Malgré les exhortations du ministre méthodiste George Young, Riel reste inflexible. Même les arguments de Donald Smith et du père Lestang, administrateur du diocèse, le laissent de glace. Riel explique son point de vue :

— Si je lui accorde le pardon, il n'y aura pas une seule vie, mais plusieurs qui seront sacrifiées dans les prochains jours. Dès sa remise en liberté, il conspirera de nouveau contre nous.

Ambroise Lépine écoute leurs propos avec attention. Louis répond à l'argumentation de George Young avec calme :

— Scott s'est déjà soulevé contre le gouvernement et sa vie a alors été épargnée. Il s'est échappé, puis a repris les armes, avant de se voir à nouveau pardonné. Il semble incapable d'apprécier la clémence dont nous avons fait preuve à son endroit. Cette fois, plus de pitié.

— Cet aventurier mérite la mort ! soutient à son tour Ambroise Lépine. Le tribunal en a décidé ainsi et sa sentence a déjà été prononcée. Le temps est venu, pour les Canadiens, de nous prendre au sérieux.

— En ce qui me concerne, son cercueil attend déjà sa dépouille, ajoute Jérôme.

Le 4 mars, le révérend Young rejoint Thomas Scott dans sa cellule pour le réconforter.

— Les geôliers m'ont informé de la sentence...

— L'heure est arrivée, mon fils.

— C'est impossible ! Ils ne peuvent agir ainsi.

Le condamné prend soudain conscience de son erreur. Un garde lui place un bandeau blanc sur les yeux et le conduit en dehors de l'enceinte.

— Empêchez-les de m'exécuter et de commettre un meurtre ! Le monde doit connaître la vérité.

Thomas Scott s'agenouille alors dans la neige.

— Adieu, révérend Young.

Six hommes composent le peloton d'exécution et, selon la tradition, trois fusils sont chargés.

— Feu !

Quatre seulement pèsent sur la gâchette. Scott vit encore : François Guillemette avance d'un pas et dégaine son pistolet pour porter le coup de grâce au condamné. Les gardiens déposent aussitôt la dépouille de Scott dans son cercueil et le transportent près des murs de la prison pour l'enterrer.

De son côté, le major Boulton, qui espère toujours une réponse de Louis Riel sur une éventuelle libération, observe tous les événements de la fenêtre de sa cellule. Le prisonnier décide d'attendre bien sagement la décision du chef de la résistance de statuer sur son sort.

Les Métis sortent à peine d'une rude épreuve qu'une autre s'annonce : monseigneur Taché, en mission à Rome, vient d'effectuer un retour précipité. Pour quelle raison, au juste ? *Un autre émissaire des Canadiens !* pense Louis.

Chapitre 12

Promesse d'amnistie

Au moment où le cortège de monseigneur Taché emprunte le chemin de fort Garry pour se rendre à Saint-Boniface, les soldats d'Ambroise Lépine exprime le désir de recevoir la bénédiction du religieux. Louis leur accorde la permission.

— Est-ce bien sage ? s'enquiert Ambroise. Il a écourté son voyage à la demande du fédéral. En plus, il a séjourné à Ottawa avant de revenir au pays. Ça veut tout dire !

— Ce n'est pas monseigneur Taché qui passe ni l'évêque de Saint-Boniface, mais le Canada incarné. Il essaiera peut-être de miner notre crédibilité.

— En somme, répond le chef militaire, il jouera un rôle similaire à celui de Donald Smith.

Pour démontrer le sérieux de la situation, le gouvernement provisoire place des gardes aux portes de l'évêché avec l'ordre de surveiller les allées et venues de chacun. Au début de mars, lors de la réunion du comité, un silence complet entoure la mort de Thomas Scott. En fait, le calme semble s'être installé depuis son exécution et aucun groupe ne remet en question la légitimité du régime pour le moment.

Accompagné de Thomas Boucher, monseigneur Taché rend visite à Riel. Ambroise Lépine et William O'Donoghue assistent à la rencontre. Louis accueille l'évêque avec déférence, mais la méfiance règne dans le camp métis. L'évêque semble agir loyalement, même s'il vient de retirer l'aumônier des soldats du fort Garry. Le curé Giroux obéit aux ordres de son supérieur, malgré son désir d'accompagner les combattants dans leur marche vers la liberté.

— Mes amis, je reviens avec de bonnes nouvelles d'Ottawa ; j'ai obtenu une promesse écrite de Sir John A. Macdonald. Le cabinet vous accorde l'amnistie, et ce, pour toutes les actions commises avant mon arrivée à la Rivière-Rouge.

— J'aimerais bien vous croire, répond Riel, mais vous comprendrez qu'il y va de nos vies.

— Et de la sécurité des membres du gouvernement provisoire, fait remarquer l'Irlandais William O'Donoghue.

Thomas écoute la conversation distraitement. Il pense aux articles des journaux du Québec et de l'Ontario et au récit de voyage de son supérieur dans la capitale. Pourtant, le chef religieux se veut rassurant.

— Je vous conseille d'envoyer vos délégués à Ottawa. Les Canadiens les accueilleront avec courtoisie.

— Notre intention n'était pas de nous soulever contre eux, déclare Louis. Nous désirons seulement négocier notre entrée dans la Confédération.

— Nous ne sommes pas des esclaves ; c'est inacceptable d'être vendus comme de vulgaires marchandises, lance Thomas.

— Les Métis sont des hommes et non un troupeau de buffles comme l'affirme la presse ontarienne, précise Ambroise Lépine.

Monseigneur Taché se dit d'accord avec les propos des chefs, avant de quitter le fort Garry. Thomas le raccompagne à l'évêché, puis rejoint Louis en fin d'après-midi. Il désire l'informer de la réaction des médias

117

de l'Est, dont les points de vue éditoriaux ont été tenus sous silence par monseigneur Taché.

— L'Ontario se sent solidaire de Thomas Scott et réclame l'envoi d'une expédition militaire. Sa mort a provoqué une levée de boucliers sans précédent, la foule le prend pour un martyr. Quant à Macdonald, il qualifie son exécution de crime barbare. Même George-Étienne Cartier parle d'usage excessif de pouvoir et de brutalité criminelle.

— Pourtant, ce ministre s'est toujours montré sympathique aux revendications des Métis, répond Riel.

— Il croit sans doute qu'il calmera les Anglais, déclare Ambroise. Cartier reste un politicien avant tout.

— Il aurait avoué à monseigneur Taché qu'Ottawa a commis des erreurs ; le cabinet compte maintenant sur lui pour les réparer.

— Tuer un Anglais constitue un crime bien plus grave que de tuer un Métis, affirme Jérôme. Nous connaissons la chanson par cœur.

— Par contre, les publications du Québec réagissent avec violence contre les opinions des Ontariens. D'après Le Nouveau Monde, un autre conflit ethnique vient de commencer. *Le Pays* et *La Minerve* y voient un nouvel affrontement entre le Québec et l'Ontario.

— Où cette histoire va-t-elle nous conduire? soupire Louis en reconduisant Thomas à l'extérieur du fort. À part ses petites cachotteries, demande Louis, que penses-tu de l'attitude de monseigneur Taché?

Son ami hésite un moment avant de répondre. Il regarde Louis dans les yeux et lance :

— Lorsque monseigneur Taché visite Macdonald, c'est un conservateur convaincu. Quand il parle avec les Métis, il devient leur plus grand partisan.

— Il va avec le vent, comme je le croyais, alors. Sa loyauté va d'abord et avant tout à l'Église, et c'est tout à fait normal.

Pour prouver sa bonne foi dans les pourparlers en cours, Riel ferme le journal *New Nation*, favorable à l'annexion du Nord-Ouest aux États-Unis. Après une réunion à laquelle assiste l'évêque, Louis fait relâcher la plupart des prisonniers, dont le major

Charles Boulton. Puis, comme il a été décidé quelques mois auparavant lors d'une assemblée entre délégués français et anglais, il mandate les négociateurs. Le père Noël Ritchot, conseillé de Louis, Alfred Scott, représentant de Winnipeg à la convention, et le juge John Black, président des assemblées publiques, négocieront l'entrée de la Rivière-Rouge dans la Confédération. Ils se battront pour obtenir des institutions semblables à celles du Québec et devront insister sur la proclamation d'une amnistie générale pour tous les membres du gouvernement provisoire.

L'évêque Alexandre Taché remet aussi un document au révérend Ritchot, et lui confie la mission d'exiger des écoles confessionnelles.

— Les Ontariens viendront en grand nombre et ils voudront sans doute les abolir. La Constitution doit les protéger.

Thomas accompagne l'abbé Noël Ritchot et Alfred Scott, mais devra rester très discret. Pour passer inaperçu, comme il le fait pendant ses actions clandestines, il laisse de côté sa soutane. Le jeune homme se départit aussi de ses vêtements du Nord-Ouest et de ses souliers de bœuf pour revêtir le costume des hommes de l'Est. John Black les rejoint à Ottawa quelques jours plus tard. Pendant ce temps, Louis Riel rencontre le gouverneur Mactavish au fort Garry.

— Je vous offre de libérer le fort pour permettre à la Compagnie de la Baie d'Hudson de reprendre ses activités commerciales.

— À quelle condition ? demande le gouverneur.

— Vous devrez reconnaître notre gouvernement, en plus d'affecter une somme de quatre mille livres à l'entretien des soldats métis.

Le gouverneur hésite un moment, mais cède finalement aux exigences du chef.

À la demande de monseigneur Taché, on hisse l'Union Jack, le drapeau du Royaume-Uni, au mât du fort Garry. L'Irlandais anti-britannique William O'Donoghue entre dans une grande colère, mais finit par se soumettre, afin de démontrer la fidélité des Métis envers la reine.

Les pensées de Louis s'envolent vers Ottawa ; il s'interroge sur la manière dont les délégués parviennent à remplir leur mission, et il se demande si l'accueil des Canadiens est à la hauteur de leurs promesses.

Chapitre 13

Négociations

Après avoir voyagé en traîneau à chiens jusqu'au Minnesota, les délégués prennent le train pour se rendre à Buffalo. Ils arrivent à Prescott, en Ontario, où des agents du service secret du Canada les accueillent. Le gouvernement craint un attentat et ne veut courir aucun risque concernant la sécurité des délégués. Sous les ordres de l'officier Gilbert McMicken, les agents conduisent les voyageurs à Ottawa ; le ministre de la Milice, George-Étienne Cartier, les reçoit avec courtoisie.

— Bienvenue dans la capitale, dit le bras droit de Macdonald. Épuisant voyage, n'est-ce pas ?

— J'approuve vos propos, répond l'abbé Ritchot, mais les gens de l'Ouest se remettent vite de tels périples.

— Pour le moment, votre présence dérange les Ontariens. Ils s'agitent. Je crois qu'il serait prudent de retarder les négociations de quelques jours, le temps de retrouver un climat politique plus serein.

— Je m'attendais à un certain mécontentement de leur part. J'ai appris que Charles Mair et le docteur Schultz se promènent partout et participent à des manifestations pour prononcer des discours imprégnés de racisme.

— Je l'admets, dit Cartier.

— Ces hommes détestent les Métis et exagèrent les faits pour faire échouer les pourparlers.

— Nous suivrons la ligne tracée par le cabinet, et les discussions évolueront normalement. Restez confiant !

Le lendemain de leur arrivée, malgré les paroles rassurantes de Cartier, des policiers arrêtent Alfred Scott et l'abbé Noël Ritchot pour complicité dans le meurtre de Thomas Scott. Ils comparaissent devant le juge Galt qui les libère aussitôt. À son avis, le juge torontois, signataire de l'ordre d'arrestation, ne pouvait exercer sa juridiction sur le territoire. Hugh Scott, le frère de Thomas, demande un nouveau mandat d'arrêt. Des agents incarcèrent les délégués de Riel avant qu'ils ne puissent quitter le palais de justice. Outré, l'abbé Ritchot proteste avec vigueur auprès du gouverneur général :

— Je dénonce la violation de notre statut diplomatique en tant qu'ambassadeur du gouvernement provisoire.

— Ni le vice-roi ni le gouvernement fédéral ne peuvent intervenir dans les affaires pénales, lui explique un porte-parole.

— Le premier ministre doit régler cette question, l'informe l'abbé Noël Ritchot en guise d'avertissement. Les Métis considéreront cet affront comme une trahison.

Plutôt embêté par ces détentions arbitraires, Macdonald nomme l'avocat Cameron, un ami orangiste, pour assumer la défense des prisonniers et les remettre en liberté. L'homme manœuvre en coulisse, et le procureur de la Couronne déclare qu'il ne détient aucune preuve pour soutenir l'accusation. Le juge libère Alfred Scott et l'abbé Ritchot une seconde fois. À leur grande surprise, une foule de sympathisants enthousiastes, venus de Hull, les accueille devant l'édifice. Organisée par le docteur Joseph Beaudin, un confrère de Louis au collège de

Montréal, la manifestation encourage les deux délégués à poursuivre leur mission. Parce qu'il a défendu les accusés, Cameron voit son titre de grand maître de l'Ordre d'Orange retiré par les orangistes.

En l'absence de ses collègues, le premier ministre Macdonald demande à rencontrer John Black dans le but de l'amadouer, et ainsi diminuer les demandes des autres représentants. Le cabinet l'a d'ailleurs désigné, avec George-Étienne Cartier, pour mener les négociations. Après sa rencontre avec le premier ministre, John Black raconte à Thomas le dilemme dans lequel se trouve le gouvernement.

— Ottawa semble pris entre deux feux. Avec l'agitation en Ontario, Macdonald ne peut donner l'impression de cautionner les agissements du gouvernement provisoire.

— Les ministres reconnaîtront ce gouvernement de toute façon, lors des négociations avec les délégués, réplique Thomas.

— Le secrétaire d'État, Joseph Howe, doit nous présenter officiellement à Cartier et à Macdonald, dit le juge. Il s'agit là aussi d'une reconnaissance, qu'ils le veuillent ou non.

L'abbé Noël Ritchot, âgé de quarante-cinq ans et doté d'une prestance exception-nelle, s'affirme comme le véritable porte-parole, dès le début des pourparlers. Avec l'appui constant d'Alfred Scott et grâce aux conseils de John Black, les discussions s'étendent du 25 avril au 6 mai.

Macdonald et Cartier parlementent avec des gens déterminés et les délégués obtiennent l'assentiment du gouvernement pour les pro-positions suivantes : la colonie de la Rivière-Rouge deviendra une province bilingue et comprendra des écoles confessionnelles ; le territoire aura le même statut que le Québec au sein de la Confédération, sauf qu'Ottawa contrôlera les richesses naturelles.

La dernière journée, fidèle à ses habi-tudes, le premier ministre abuse un peu trop du whisky mis à sa disposition et laisse Cartier négocier les derniers détails avec les délégués du Nord-Ouest. Lors du tracé des frontières, pour donner plus de poids aux francophones, le ministre omet délibéré-ment Portage-la-Prairie, où résident la majorité des Ontariens.

Lors de la présentation du projet en chambre, William McDougall, redevenu député, s'aperçoit de l'erreur et exige une rectification de la carte de la nouvelle province.

Malgré une faible population de douze mille personnes, le Parlement adopte une loi pour fonder le Manitoba, la cinquième province du Canada. À la demande des Métis, le fédéral leur concède aussi un million quatre cent mille acres de terres qui seront distribuées aux pères de famille pour établir leurs enfants.

Après l'adoption de l'Acte du Manitoba, quelques membres du cabinet rencontrent la délégation de la Rivière-Rouge. Le premier ministre serre la main du révérend Ritchot.

— Le gouvernement aurait besoin de négociateurs coriaces et habiles comme vous, lui dit Macdonald avec le sourire.

— Je me devais de protéger les francophones de l'Ouest.

— Si je savais que vous accepteriez, je vous demanderais d'entrer dans mon ministère.

— Je prends vos paroles pour un compliment, ajoute l'abbé Ritchot.

Thomas saisit la balle au bond et déclare d'un ton léger :

— Le révérend Noël Ritchot possède un véritable talent de persuasion. Notre nation a de la chance de pouvoir s'appuyer sur un ami fidèle.

— Vous agissez comme si vous étiez l'âme du mouvement de résistance, fait remarquer Sir John Macdonald.

— Nous savons quel rôle vous jouez et nous savons que vous êtes ami avec Louis Riel, avoue Cartier. L'Histoire nous en apprendra sûrement plus sur votre implication dans le mouvement de résistance des Métis.

— Une dernière question reste à régler, ajoute le religieux. Celle de l'amnistie.

— Vous et moi verrons le gouverneur général à ce sujet, répond Cartier. John Young proclamera bientôt une amnistie complète. D'après lui, par contre, celle du 6 décembre suffit et il ne croit pas nécessaire de donner une autre garantie écrite. J'ai aussi discuté avec l'émissaire anglais : il s'est montré rassurant envers notre demande.

— Le Canada veut envoyer une expédition militaire dans le Nord-Ouest, ajoute Thomas. Cette opération m'inquiète beaucoup.

— Les responsables parlent d'une mission de paix pour prendre possession du territoire. Le contingent comprendrait des soldats britanniques et des miliciens volontaires du Canada.

— Malgré la clémence promise par les autorités, ils pourraient profiter de leur supériorité pour punir les Métis. Je vais rester ici un moment pour voir de quel côté tourne le vent.

Les propos de Thomas laissent l'abbé Ritchot songeur. Plusieurs groupes ontariens crient vengeance depuis la mort de Thomas Scott et refusent d'accorder le pardon. Ils ont d'ailleurs transmis une pétition à cet effet au ministre anglais des Colonies, à Londres.

Louis Riel et l'abbé Noël Ritchot ont obtenu gain de cause, mais d'autres obstacles se lèvent à l'horizon. À la Rivière-Rouge, tous se demandent si les Canadiens et les Anglais tiendront parole. Et surtout, que réserve l'arrivée d'un corps expéditionnaire au peuple métis?

Chapitre 14

Mission de paix

De retour à la Rivière-Rouge, l'abbé Ritchot répète à Louis les paroles rassurantes du gouverneur général et de l'émissaire anglais au sujet de l'amnistie. Si le chef se montre satisfait, monseigneur Taché reste préoccupé, car les délégués n'ont obtenu que des promesses verbales. Il prend une décision sur-le-champ.

— Je rejoins Thomas à Ottawa. Je tiens à confirmer le pardon dont fait mention le premier ministre et à inciter le nouveau lieu-tenant-gouverneur à venir ici le plus vite possible pour maintenir la paix. De plus, j'essaierai de convaincre le fédéral d'annuler l'expédition militaire.

À Ottawa, Thomas fixe des rendez-vous pour son évêque. Monseigneur Taché réussit à parler au ministre Cartier, qui le rassure sur les intentions du cabinet fédéral. Le vice-roi reçoit froidement Taché et Cartier, puis les invite à relire la proclamation d'amnistie du 6 décembre. Visiblement, il déteste autant l'évêque que le ministre, et se débarrasse promptement de ceux-ci avec cette phrase, lancée d'un ton sec. « Sir Archibald connaît mon opinion et vous fournira tous les détails. »

Monseigneur Taché échoue aussi lorsque vient le temps d'avancer le départ du représentant de la reine et de contremander le déploiement des soldats. Il s'inquiète de cette manœuvre et parvient à rencontrer le lieutenant général Lindsay, responsable de la nomination de l'Anglais Garnet Wolseley à la tête du corps expéditionnaire. Le militaire le rassure :

— Restez confiant ! Nous vous envoyons simplement une délégation en mission de paix.

— Les volontaires ontariens voudront peut-être venger la mort de Thomas Scott, remarque-t-il.

— Peu probable. L'objectif est clair. En fait, qui osera désobéir aux ordres pour agir de sa propre initiative ? Je vous suggère de retourner à la Rivière-Rouge pour retrouver votre peuple et saluer ensemble l'arrivée des troupes.

Malgré les paroles rassurantes du haut gradé militaire, l'évêque repart inquiet. Pour sa part, Thomas se dit convaincu que le cabinet est incapable, politiquement parlant, d'annoncer une amnistie.

— La fureur des Anglais ne se dément pas depuis quelques mois, insiste le religieux. Les orangistes, Shultz et Mair, attisent toujours la haine contre les Métis. Les journaux du Québec se déclarent contre l'envoi de l'armée dans le Nord-Ouest, ce que réclament ceux de l'Ontario.

— Les Canadiens français connaissent les Anglais mieux que nous et savent comment ils agissent, ajoute Thomas. De plus, le gouvernement de l'Ontario évoque l'idée de donner une récompense pour l'arrestation de Louis. À mon avis, certains miliciens vont certainement vouloir le capturer pour toucher la prime.

— Repartons à la Rivière-Rouge, répond l'évêque. Nous n'avons plus rien à faire ici.

Pendant ce temps, dans l'Ouest, Louis confie son inquiétude à Jérôme.

— J'ai de la difficulté à croire en la mission de paix du fédéral. Veulent-ils endormir nos soupçons et nous attirer dans un traquenard?

— J'ai obtenu de l'information en provenance des villages anglophones, répond Jérôme. D'après eux, Wolseley proclamera la loi martiale et pendra quelques Métis.

— Tes paroles donnent à réfléchir. Nous attendrons tout de même au fort jusqu'à l'arrivée des troupes.

***

Quand Gabriel Dumont apprend que l'armée arrive à la Rivière-Rouge, il rend visite à Louis, un ami de longue date. Il a entendu les rumeurs et désire aider son peuple à survivre au changement de régime politique. Connu pour ses exploits et ses talents de fins stratèges, l'homme est très respecté par les Métis et les Indiens.

Avec l'aide de son père, une dizaine d'années plus tôt, il a négocié avec les Sioux et les Pieds-Noirs pour assurer la paix dans les prairies. Né en 1837 à la Rivière-Rouge, Gabriel parle six langues et, depuis l'âge de vingt-cinq ans, agit comme guide pendant la chasse aux bisons. Bon cavalier, tireur d'élite à l'arc et à la carabine, il a même défendu un camp métis, alors qu'il n'avait que treize ans, contre une attaque des Sioux à Grand-Coteau, dans les plaines de l'ouest américain.

— Nous devons combattre ce colonel. Les volontaires ontariens chercheront à punir notre peuple, j'en suis persuadé, dit Gabriel.

— Tu es toujours resté loin de la bataille. Pourquoi t'impliquer à ce moment-ci ? demande Louis.

— S'ils entrent à la Rivière-Rouge, ce sera le début de la fin pour nous.

— Que proposes-tu ?

— Si tu me donnes ton accord, j'organiserai la résistance métisse contre Wolseley. Nous les traiterons comme un troupeau de bisons et nous les épuiserons jusqu'au dernier.

— Nous sommes trop peu nombreux pour affronter Wolseley, je dois maintenant me rallier et respecter l'accord signé avec Ottawa, répond Louis en levant les bras en signe d'impuissance. D'ailleurs, le gouvernement provisoire a déjà approuvé l'entente signée avec les ministres fédéraux. J'ai même reçu une proclamation de Wolseley ; elle provient de Port-Arthur et je dois la distribuer dans les villages. Je te lis le message :

« Nous vous apportons la paix, et le seul objet de cette expédition consiste à faire voir l'autorité de la reine. Les soldats que j'ai l'honneur de commander ne représentent ni parti, ni religion, ni politique, et ils sont venus exprès pour protéger les biens de tous, sans distinction de race ou de culte. »

— Le ton mielleux de ce colonel m'inquiète, déclare le visiteur à la longue barbe. À ta place, je me méfierais.

Gabriel repart un peu déçu de la réponse de Louis, même s'il comprend son point de vue.

De retour à Saint-Boniface, monseigneur Taché essaie de rassurer les gens, surtout les membres du gouvernement provisoire. Lui-même se montre sceptique sur la mission de l'armée.

Le 24 août, dans la matinée, Louis prend son petit-déjeuner au fort. Jérôme et un employé de la Baie d'Hudson arrivent au galop et demandent à lui parler.

— Les troupes de Wolseley se trouvent à trois kilomètres d'ici, affirme le jeune anglophone, hors d'haleine.

— Nous les recevrons comme il se doit, répond Louis.

— Louis, tu comprends mal, dit Jérôme, l'air grave. Mon ami a travaillé quelques jours avec les miliciens, et plusieurs veulent ta tête. Ils vont nous massacrer si nous restons à Winnipeg !

— Prévenez William et Ambroise, ordonne-t-il en se levant, ils ont dormi à côté. Nous partons immédiatement.

Les quatre Métis sautent sur le traversier, juste à temps pour éviter les militaires de Wolseley. Puis, Ambroise s'empresse de couper le câble qui retient le bac pour les empêcher de les suivre. De la fenêtre de l'évêché, à Saint-Boniface, Thomas remarque des hommes à cheval qui se dirigent en toute hâte vers le presbytère. Il ouvre la porte et voit des soldats de l'autre côté de la rivière.

— Il se passe quelque chose, monseigneur !

— Pourquoi donc avez-vous quitté le fort Garry ? demande l'évêque Taché, à l'arrivée de ses amis. Vous deviez y accueillir le colonel.

— Nous avons tous été trompés, déclare Ambroise. Entre Ottawa et la Rivière-Rouge, leur mission de paix s'est transformée en mission de vengeance. Nous préférons fuir pour échapper à l'emprisonnement ou à la pendaison.

— Il faut toujours se méfier des promesses des Anglais, affirme William O'Donoghue. Mon peuple connaît bien leurs méthodes.

— Quel gâchis! clame le chef religieux en marchant de long en large.

— Peu importe ce qui arrivera, réplique Louis. J'ai sauvé les Métis, et l'Acte du Manitoba protège leurs droits. J'ai accompli ma mission jusqu'au bout.

Sur ces paroles, les quatre hommes se dirigent vers Saint-Vital pour visiter la mère de Louis une dernière fois. Après les pleurs de Julie, les adieux et les embrassades remplis d'émotions, les fuyards se dirigent en galopant vers la frontière pour se mettre à l'abri des représailles. William O'Donoghue reste à Pembina, tandis que les trois autres se rendent jusqu'à la mission Saint-Joseph, au Dakota du Nord, où le père LeFlock les héberge.

Agenouillé près de son lit, les mains jointes, Louis se demande ce qu'il adviendra de son peuple. Les membres du gouvernement provisoire devront-ils désormais se terrer ou s'exiler ? Si oui, l'anarchie régnera jusqu'à l'arrivée du lieutenant-gouverneur.

Le pire scénario vient de tomber sur la tête des Métis.

Troisième partie

L'exil

Chapitre 15

Mission de vengeance

Inquiet du sort de ses amis, soit Jérôme, Ambroise et Louis, Thomas se rend à la mission Saint-Joseph pour prendre de leurs nouvelles et, bien entendu, leur relater les événements des dernières semaines à la Rivière-Rouge. Il les retrouve déprimés, surtout Louis, qui dort très peu depuis leur fuite.

— L'anarchie prévaut dans la région depuis l'arrivée des soldats. Donald Smith essaie de maintenir l'ordre à la demande de Wolseley, mais un fort esprit de vengeance joue contre nous.

— Je m'en doutais un peu, répond Louis. Cette trahison des nouveaux maîtres des lieux n'augure rien de bon pour l'avenir des Métis.

— Une foule nombreuse est accourue au fort pour déterrer le corps de Thomas Scott, mais les agitateurs ont trouvé des pierres dans son cercueil.

— Je l'ai déplacé dans la nuit, le jour de sa pendaison, avoue Ambroise. Et je l'ai transporté dans un endroit connu seulement de moi. Je mourrai avec mon secret; je ne permettrai pas aux Anglais de le transformer en symbole.

— Vous avez eu raison de fuir, mes amis. Plusieurs Ontariens présents dans l'armée de Wolseley se sont portés volontaires dans l'unique but de venger Thomas Scott. Quelques-uns en ont parlé ouvertement à Winnipeg; avant de quitter leur région, ils ont promis de fusiller tous les Français responsables de sa mort.

— La sécurité de ma mère, de mes frères et de mes sœurs semble-t-elle compromise?

— Qui oserait s'en prendre à eux?

— Le peuple va souffrir à cause de nos décisions, déclare Jérôme. Et nous ne pouvons rien pour le défendre contre nos ennemis.

— Schultz est revenu et pactise avec les miliciens ontariens. Cet homme nous déteste au point de vouloir nous faire disparaître de la surface de la Terre. Le représentant de la reine arrivera le 2 septembre. Il devra s'armer de courage pour rétablir l'ordre à la Rivière-Rouge. L'anarchie s'est doublée d'un conflit ethnique.

***

Au cours des mois suivants, Louis reçoit des rapports alarmants en provenance de la Rivière-Rouge. Malgré la présence du lieutenant-gouverneur Archibald, en poste depuis peu, plusieurs Métis subissent les pires humiliations; les nouveaux venus exercent leur autorité en battant les sang-mêlé. Inquiet, Jérôme se rend à Saint-Vital pour rendre visite à Thomas et préparer sa ferme pour l'hiver. Complètement découragé par l'invasion de son territoire et par les basses actions des soldats, il confie ses biens à Thomas, puis retourne à la mission Saint-Joseph.

À son arrivée au refuge, Jérôme, ému du sort de plusieurs de leurs amis, informe Louis des derniers événements.

— Les Canadiens se vengent et réclament notre départ de la Rivière-Rouge, lui dit Jérôme. Un ancien prisonnier a reconnu Elzéar Goulet. Tu te souviens? Il faisait partie de la cour martiale qui a recommandé la pendaison de Thomas Scott. Cet homme et deux soldats de Wolseley l'ont poursuivi jusqu'à la rivière. Il a sauté avec l'idée de traverser le cours d'eau pour se rendre à Saint-Boniface, mais les trois poursuivants lui ont jeté des pierres. L'une d'elles l'a frappé à la tête, et Elzéar s'est noyé. On a retrouvé son corps le lendemain.

Ambroise Lépine écoute l'histoire avec une profonde tristesse. Il pense à sa femme et à ses enfants encore à la Rivière-Rouge, et se demande qui leur viendra en aide si les Canadiens décident de les attaquer.

— Qu'attend le lieutenant-gouverneur pour agir?

— Les autorités craignent un soulèvement des Ontariens. Deux magistrats ont lancé des mandats contre les meurtriers d'Elzéar, mais évidemment, le crime reste impuni.

— Bande d'hypocrites! s'exclame Ambroise, indigné par tant de trahisons.

— François Guillemette est tombé dans un guet-apens organisé par les partisans de Schultz à Pembina et il a lui aussi été assassiné. Mais je vous ai caché le pire, déclare Jérôme.

— Pas nos familles ! demande Ambroise.

— Ton cousin, André Nault ; il se croyait menacé après la mort de Goulet et m'a accompagné jusqu'à Pembina. Des Canadiens l'ont reconnu à la frontière ; je m'occupais des chevaux quand j'ai entendu des cris et des bruits de bataille. Je l'ai trouvé au milieu d'une mare de sang, mais il était toujours vivant. Il a reçu plusieurs coups de crosse de fusil à la tête et les bandits l'ont laissé pour mort.

— Comment se porte-t-il ? s'informe Louis.

— Je l'ai traîné de peine et de misère chez un ami métis. Il l'a soigné toute la semaine. André se remet bien, mais il gardera des cicatrices permanentes au front.

— Nous devrons prévenir les membres de sa famille, affirme Ambroise. Ils s'inquiéteront de son absence, s'il tarde à rentrer.

— Je retourne à la Rivière-Rouge, déclare Louis en se levant d'un bond. Je ne resterai pas ici, les bras croisés, pendant que mon peuple subit l'oppression des nouveaux maîtres.

Louis tient parole et affronte la rage de certains anglophones, désireux de toucher la récompense en s'attribuant la gloire de sa capture. En dépit du danger, à Saint-Norbert, le 17 septembre, il préside une réunion devant une cinquantaine de Métis pour entendre leurs doléances.

Les participants décident de rédiger une pétition destinée au président américain pour l'implorer d'intervenir auprès de la reine Victoria afin de les protéger. William O'Donoghue se dit volontaire pour présenter la requête. Louis, par contre, se méfie de l'Irlandais, beaucoup plus soucieux de nuire à l'Angleterre que d'aider les sang-mêlé. Louis réagit vivement au commentaire de William lorsque ce dernier plaide en faveur de l'annexion du Nord-Ouest par les États-Unis.

— Les Indiens et les Métis américains subissent sans aucun doute plus de racisme que ceux du Manitoba, dit-il en le regardant droit dans les yeux. Jamais je ne songerais un seul instant à livrer mon peuple à un destin encore plus cruel.

Dès la fin de la réunion, pour sa propre sécurité, Louis retourne à la mission Saint-Joseph. Déjà, des Anglais sont sur ses traces et menacent de le capturer.

***

Pendant ce temps, Adams Archibald, le représentant de la reine, organise les premières élections provinciales pour décembre 1870. Malgré les pressions de ses amis pour se porter candidat, Louis décline l'invitation avec un pincement au cœur. Le lendemain du scrutin, Thomas lui annonce que dix-sept de ses compagnons, sur vingt-quatre, siégeront au Parlement du Manitoba.

— En prime, le docteur Schultz a mordu la poussière dans son comté.

— Quelle humiliation pour ce raciste! s'exclame Jérôme.

Malgré les bonnes nouvelles, Louis affiche un visage défait. En dépit du résultat positif de la campagne, le chef paraît même indifférent.

— Quelque chose te tracasse-t-il? demande le visiteur.

— Je me tourmente pour ma famille, dit-il en arpentant nerveusement son bureau. Ils vivent dans la pauvreté, tandis que je me cache aux États-Unis. J'ai toujours peur qu'un chasseur de prime me surprenne dans mon sommeil et me capture pour toucher la récompense promise.

— Tu dois mener ton existence au jour le jour et attendre patiemment la fin de ce cauchemar. Ils oublieront bientôt toute cette histoire, et tu pourras rentrer à la Rivière-Rouge.

— Je m'imagine des êtres malveillants, prêts à s'emparer de moi et de ma famille pour nous torturer. Impuissant, incapable de repousser leurs attaques et de de poursuivre ma mission, je m'abandonne aux mains du Tout-Puissant.

Thomas et Jérôme échangent un regard inquiet. Louis, les épaules courbées et les yeux rougis par le manque de sommeil, n'arrive plus à cacher le malaise qui le ronge. Comment pourront-ils l'aider?

Malgré la présence réconfortante de ses amis, Louis s'enfonce dans un délire de plus en plus profond et tombe malade. Tous craignent pour sa vie. Informée de son état, sa mère traverse la frontière pour le soigner. D'après Julie Lagimodière, son fils souffre d'une dépression nerveuse, causée par ses nombreux soucis et aussi par l'effort soutenu déployé pour préserver les droits de son peuple. Julie le ramène à Saint-Vital, en mai 1871, afin qu'il guérisse entouré des siens.

Pendant ce temps, William O'Donoghue continue la bataille. Les craintes de Louis s'avèrent fondées : son ancien compagnon d'armes tente de soulever les Métis afin d'annexer le Nord-Ouest aux États-Unis. Devant son échec, il s'associe à un groupe de Féniens américains, une organisation irlandaise hostile à l'Angleterre, dont le but est d'envahir le Manitoba. Inquiet de l'attitude impassible de Riel, monseigneur Taché demande à lui parler.

— Je vous rassure : je connais leur idée farfelue d'invasion.

— Quelles sont tes intentions ? demande le religieux.

— O'Donoghue devra se dénicher d'autres alliés. Je refuse par contre d'aller le combattre, car je serais tué par ceux qui se tiendront derrière moi. Face à cette entreprise-ci, j'en suis persuadé, les Métis resteront loyaux envers les autorités.

Dans l'entrefaite, Jérôme arrive au presbytère, à bout de souffle.

— Des Féniens viennent d'attaquer un poste de la Baie d'Hudson, près de la frontière. Le lieutenant-gouverneur appelle ses sujets à s'enrôler pour défendre le territoire.

Sir Adams George Archibald rencontre l'abbé Ritchot et Thomas au fort Garry à ce sujet.

— Les Métis attendent un seul mot d'ordre de leur chef pour s'engager, déclare le religieux. Je veux cependant une assurance de votre part que Louis vivra en sécurité à la Rivière-Rouge.

Thomas se frotte les mains de satisfaction lorsque le lieutenant-gouverneur souscrit à sa requête et lui remet un document en guise de preuve. Après la lecture de la lettre, Ambroise Lépine, Pierre Parenteau et Louis Riel partent en tournée dans les villages français pour persuader les hommes de former un régiment métis afin de protéger le Manitoba.

Les trois chefs adressent un message à Archibald pour l'informer de la réponse favorable des Métis. « Votre Excellence peut se convaincre que, sans avoir été enthousiasmés, nous avons été dévoués. » Le lieutenant-gouverneur leur répond :

« Dites au peuple au nom duquel vous écrivez que Son Excellence reçoit avec grand plaisir les assurances qu'elle avait anticipées dans ses communications avec le révérend père Ritchot... »

Le même jour, à Saint-Boniface, une patrouille composée de Métis attend la venue d'un personnage important. Bien alignés, les deux cents miliciens accueillent le lieutenant-gouverneur Archibald et son aide de camp, le capitaine Macdonald. Marc Girard s'approche :

— Au nom de ces hommes, je vous souhaite la bienvenue, Votre Excellence.

— Je vous remercie de votre accueil.

— Voici la personne choisie par les Métis français pour les guider.

Archibald tend la main à Louis Riel, sans vraiment savoir avec qui il sympathise. Girard lui présente ainsi cinq volontaires, dont Ambroise Lépine et Jérôme Boucher, sans fournir leur nom. Le représentant de la reine prend la parole et les félicite pour leurs loyaux services.

— La collaboration des Métis français et de leurs chefs pour défendre la Couronne mérite notre considération. Votre loyauté me fait chaud au cœur. Je vous annonce l'arrestation de William O'Donoghue et de ses amis féniens par l'armée américaine. Pour le moment, le danger est passé, mais on peut se demander quand ils reviendront nous attaquer.

Les émules de Schultz se montrent indignés que le lieutenant-gouverneur ait serré la main du rebelle Louis Riel. Par contre, d'après l'évêque Taché, il semble que peu de gens, au Manitoba, veulent encore la tête du chef de la Rivière-Rouge.

En Ontario, en revanche, les orangistes crient au scandale à propos des sympathies entre Archibald et ces bandits de Métis français. Pour Louis Riel et Ambroise Lépine, les problèmes continuent, et monseigneur Taché devient le messager de malheur.

Chapitre 16

Suivre son cœur
et son destin

Thomas présente un visage triste à l'arrivée de Louis et d'Ambroise à l'évêché. Il pose sur son chef des yeux remplis de larmes. Louis, surpris par l'accueil de son ami, demande d'une voix émue :

— Que se passe-t-il ? Quelqu'un est mort ?

— Certains contretemps s'avèrent pires que la mort.

Monseigneur Alexandre Taché arrive à temps pour entendre les propos de son protégé. Il serre la main de ses invités et leur fait signe de s'asseoir. Il les regarde longuement, puis se décide enfin à parler :

— J'ai reçu une lettre de Sir John A. Macdonald. Il me charge d'une mission difficile, mais il juge la démarche nécessaire pour le bien et la tranquillité du Manitoba.

— Pour quelle raison sommes-nous concernés ? demande Louis.

Le prélat baisse le regard en entendant la question du chef des Métis.

— Le cabinet fédéral veut que vous partiez en exil de façon volontaire. Bien sûr, il vous dédommagera pour les biens perdus ; le ministre vous offre d'ailleurs mille dollars pour quitter la Rivière-Rouge.

Ce disant, il pousse vers eux la lettre du premier ministre. Sidérés, les deux hommes échangent un regard éteint.

— Et nos familles ? demande Ambroise, un trémolo dans la voix.

— Elles recevront huit cents dollars pour les aider à subvenir à leurs besoins. Donald Smith a accepté de verser le même montant pour les dépenses imprévues.

Furieux, les deux hommes se déchaînent contre le politicien fédéral :

— Le premier ministre Macdonald se préoccupe surtout des prochaines élections, réplique Louis d'un ton sec. Il n'a jamais cru que les Métis formaient un peuple et il n'y comprend absolument rien.

— Il ne fait aucune différence entre les droits des individus et ceux de la société dans son entier, proclame Ambroise. Nous avons nos propres aspirations nationales.

— Le concept de nation métisse est toujours resté une pure abstraction pour Macdonald, ajoute Louis, consterné par la nouvelle.

Mais lorsque l'évêque lui apprend que c'est Cartier qui a suggéré l'exil, Louis, dont le visage est d'une pâleur extrême, reste saisi d'étonnement. Sans la ténacité de l'ancien patriote, l'Acte du Manitoba n'existerait pas et les anglo-protestants bafoueraient les acquis des Métis.

— J'accepte de quitter la Rivière-Rouge, mais Ambroise doit donner son accord, s'exclame Louis.

L'ancien chef militaire y consent, mais songe à la réaction émotive de sa femme quand il la préviendra. Louis partage son inquiétude.

— La décision paraît difficile sur le coup, je le conçois, déclare l'évêque Taché. Je déplore grandement la tournure des événements, mais le gouvernement de Toronto a mis ta tête à prix, Louis. Pour empocher cinq mille dollars, les chasseurs de primes te suivront à la trace. En plus, les partisans du docteur Schultz vous poursuivent tous les deux depuis plusieurs semaines.

Résignés, les deux hommes règlent donc leurs affaires et partent en pleine nuit pour éviter d'attirer l'attention ; des policiers les escortent jusqu'à la frontière. Par crainte de subir lui-même des violences et pour protéger ses compagnons, Jérôme décide de s'exiler avec eux. À l'aube, Louis s'attarde sur le dernier paragraphe de la lettre que monseigneur Taché lui a remise avant son départ.

« Je comprends la grandeur et l'étendue du sacrifice que je vous demande. J'ai bien des amis sincères et dévoués qui raisonnent comme moi. Peu, sans doute, voudraient se charger de la pénible mission de vous prier de partir. Mon amitié et ma confiance envers vous m'inspirent cette hardiesse. »

Les exilés s'installent à Saint-Paul, au Minnesota, mais, très vite, le mal du pays les submerge. En plus, ils vivent sans cesse avec une épée de Damoclès suspendue au-dessus de la tête ; ils craignent à tout moment d'être assassinés.

— Les Ontariens passent à Saint-Paul pour se rendre au Manitoba, dit Jérôme. Certains d'entre eux voudront sans doute nous abattre pour obtenir la récompense.

— Qui, ici, assure notre sécurité? demande Ambroise, indigné. Je me sentirais plus en confiance à la Rivière-Rouge, où nos amis nous protégeraient.

La tentative de deux voyageurs de les enlever pour ensuite réclamer l'argent promis par le gouvernement ontarien les incite à réfléchir. En mai, Ambroise commence à déprimer; il s'ennuie de sa famille et décide de rentrer au Manitoba.

Malgré la présence de Jérôme, Louis souffre de plus en plus de solitude. Son humeur s'en ressent. Une lettre de Thomas les fait rager; il leur relate les paroles de Macdonald, devant les députés, pour apaiser ses électeurs. « Où est Riel? Dieu le sait. J'aimerais bien le savoir pour lui mettre la main au collet. »

— Il nous a lui-même expédiés ici! réplique Louis. Quel hypocrite!

— Les politiciens jouent souvent sur deux tableaux, répond Jérôme, désabusé.

D'après Thomas, les Métis souhaitent que Riel retourne dans le Nord-Ouest. Sa sœur Marie dit s'ennuyer de lui et trouve son absence pénible et cruelle. De plus, ses compagnons du Manitoba s'activent pour l'inscrire aux élections fédérales. Épuisés par le poids de l'exil, et malgré le danger, les deux hommes retournent donc à la Rivière-Rouge. Louis accepte de se porter candidat dans Provencher.

En même temps, George-Étienne Cartier perd dans son comté du Québec, et plusieurs lui demandent de céder sa place. Louis donne son accord, et les électeurs élisent le politicien québécois par acclamation. Cartier meurt à Londres quelques mois plus tard, et Ottawa déclenche un autre scrutin pour remplacer le défunt. Riel pense à se présenter, mais plusieurs de ses amis le lui déconseillent.

Les réactions et les mises en garde arrivent de partout, même de la capitale canadienne. Le premier ministre, par l'entremise de Marc Girard, écrit à Taché : « Si Riel vient à Ottawa, il sera assassiné. » Un groupe de Canadiens obtient même un mandat du juge O'Donnell pour emprisonner Louis et Ambroise. Thomas les prévient aussitôt.

— Sauvez-vous! Des agents de la paix se dirigent vers Saint-Vital.

— Les Canadiens s'acharneront longtemps si l'Ontario maintient sa récompense de cinq mille dollars, reconnaît Louis.

Pour Ambroise, il est déjà trop tard : les policiers surgissent à sa ferme et l'appréhendent pour le meurtre de Thomas Scott. Le colosse pense résister à l'arrestation, mais se ravise sous les conseils de Jérôme.

— Vous m'arrêtez parce que je le veux bien. Je pourrais vous réduire en miettes d'une seule main.

Les pleurs de sa femme et de ses enfants résonnent partout dans la maison. Il quitte sa famille la mort dans l'âme pour se retrouver dans un cachot du fort Garry. Pendant des jours, les agents cherchent Louis sur tout le territoire, mais il est bien caché par ses amis anglophones, Bannantyne et Cunningham. Il leur échappe. Les poursuivants reviennent bredouilles, malgré de nombreuses perquisitions.

La capture de Lépine et l'acharnement des Ontariens mécontentent la population métisse. Aussi élisent-ils leur ancien chef par acclamation lors des élections de 1873. Louis confie ses projets à Thomas et à Jérôme :

— J'irai à Ottawa pour réclamer mon siège.

— Tu connais les dangers qui t'attendent, répond Thomas. Un orangiste fanatique pourrait te tuer en toute impunité.

— Je viens avec toi! déclare Jérôme. Je veux vivre cette aventure à tes côtés.

— J'aimerais beaucoup vous accompagner, affirme Thomas. Mon évêque m'a déjà accordé beaucoup de liberté; je ne peux lui en quémander davantage. Il m'a demandé de prendre une décision concernant ma vocation. Mais après les événements des dernières années, la prêtrise m'intéresse-t-elle vraiment? J'accepte mal le jeu politique de monseigneur Taché dans toute cette affaire. Il n'a pas levé le petit doigt pour empêcher votre exil.

— Il a sans doute manœuvré pour le mieux, déclare son cousin. Par contre, il a compris tes aspirations et t'a laissé libre de tes actions jusqu'à présent.

— Écoute ton cœur, ajoute Louis, la main posée sur l'épaule de son ami.

— Toi aussi, suis ton chemin jusqu'au bout, murmure Thomas. Tu pourras toujours compter sur mon appui.

Les trois hommes se donnent une franche accolade. Thomas ignore quand il reverra ses amis, mais les invite à affronter leur destin, malgré le danger.

Chapitre 17

Amnistie

Avant de se diriger vers Ottawa, Louis séjourne au Québec pour y chercher des appuis. Les deux voyageurs contournent l'Ontario en passant par les États-Unis. Avec des moyens de transport plus modernes, ils se déplacent vite et se sentent en sécurité.

Ils rencontrent Honoré Mercier, le député de Rouville, et Alphonse Desjardins, le propriétaire du *Nouveau-Monde*, un journal nationaliste fortement appuyé par monseigneur Ignace Bourget. Beaucoup de Québécois voient en Louis Riel un défenseur de la langue française dans l'Ouest.

Avec Jérôme comme garde du corps, les trois hommes se rendent à Ottawa, mais la crainte d'un emprisonnement, d'un procès, et sans doute de la peine de mort, les fait reculer.

— J'aimerais siéger à tes côtés, affirme Honoré Mercier.

— Ce serait un honneur pour moi aussi.

— Le danger semble trop élevé pour le moment, remarque Alphonse Desjardins.

— Louis, tu devrais te reposer avant d'affronter les parlementaires anglophones et subir leur l'hostilité, recommande Jérôme.

— Tu vis dans l'insécurité depuis trois ans, déclare Honoré Mercier. Un peu de recul te ferait le plus grand bien.

— J'irai jusqu'au bout la prochaine fois, promet le jeune député de Provencher.

Ainsi, Louis écoute les conseils de son entourage et s'installe chez les pères Oblats à Plattsburgh pour reprendre des forces. Mais le repos dure peu de temps. En raison d'accusations de corruption portées contre le premier ministre Macdonald dans l'affaire du chemin de fer du Pacifique, les conservateurs déclenchent une seconde élection générale et, bien sûr, Louis veut sauter dans l'arène. Malgré l'opposition des principaux partis, ses adhérents l'incitent à se présenter. Thomas envoie tout de suite un message pour le renseigner sur leurs intentions.

— Mon état de santé me semble assez stable pour me permettre de me battre, répond Louis.

— Si j'en crois Thomas, dit Jérôme, des gens à la Rivière-Rouge s'affairent à ta réélection. À Saint-Norbert, l'abbé Ritchot et Joseph Dubuc travaillent fort ; presque tous les villages du comté voteront pour toi.

Louis Riel est réélu sans mettre les pieds au Manitoba. Son ami Robert Cunningham siégera à Ottawa, mais ses ennemis, le docteur Schultz et Donald Smith, y seront aussi.

— Cette fois, déclare Louis, je me rendrai dans la capitale.

Accompagné du député de Rimouski, Romuald Fiset, un ancien compagnon de classe, Louis foule la pelouse enneigée du parlement avec l'objectif de prendre sa place. Bien emmitouflés dans leur manteau d'hiver, le visage à demi dissimulé, les deux hommes s'introduisent furtivement dans le bâtiment et parviennent jusqu'au bureau du greffier de la Chambre des communes.

Ils prêtent serment, puis signent le registre avant de quitter l'immeuble en vitesse. Le greffier Patrick s'aperçoit trop tard de sa bévue ; Riel disparaît derrière la porte quand il lève les yeux. Le fonctionnaire prévient tout de suite le ministre de la Justice. Le branle-bas de combat s'installe dans l'édifice ; les officiers fouillent les lieux et arrêtent tous les individus barbus au teint foncé, qui correspondent à la description de Louis Riel. À l'ouverture de la session, les curieux affluent pour entrevoir le député rebelle.

— J'ai hâte de le voir, dit une femme à sa voisine.

— Il brillera par son absence, si tu veux mon opinion.

— Des hommes armés l'attendent pour l'assassiner, affirme une autre.

— Les chasseurs de primes s'activent sans doute pour toucher la récompense, lance un homme dans la trentaine.

Alors que les parlementaires prennent leur siège, celui de Louis Riel reste inoccupé. Le chef orangiste Bowell présente une motion pour l'expulser de la Chambre des communes.

— Je seconde, clame Schultz.

— La mort de Thomas Scott constitue un crime contre l'humanité, la justice et la loi, affirme Alexander Mackenzie.

Insulté par les paroles du nouveau premier ministre libéral, ce politicien qui a remplacé le conservateur Macdonald, un inconnu à l'accent québécois se lève d'un bond dans les estrades et crie :

— Vous devriez parler des assassinats d'Elzéar Goulet et de François Guillemette par les orangistes ontariens. De la tentative de meurtre d'André Nault. Qui paiera pour ces délits ? Qui punira ces bandits ?

Les gardes font irruption sur les lieux et arrêtent l'homme sur-le-champ. Certains applaudissent, mais des huées se font aussi entendre. Le détective McCarthy se lève et jure de mettre Riel sous les verrous sous peine d'y perdre son honneur. Plusieurs spectateurs lancent des cris de joie pour appuyer ses propos.

Dans les bancs réservés au public, Jérôme écoute les discours ; il fait un clin d'œil à un vieillard assis à ses côtés.

— Nous devrions quitter le parlement, Louis, dit-il en se penchant vers lui. Je trouve ton déguisement très imaginatif, quoique plutôt imprudent. La centaine d'amis du docteur réussissent à te protéger à Hull, mais, à Ottawa, tu te jettes dans la gueule du loup.

— Nous partirons après l'allocution de Laurier, répond Louis d'un ton ferme.

Le débat révèle des différences d'opinions entre les députés du Québec et ceux du Canada anglais. À cette occasion, Wilfrid Laurier prononce sa première allocution en anglais : « On a voulu considérer Riel comme un rebelle. Comment peut-on tenir un pareil langage ? Quel acte de rébellion a-t-il commis ? N'a-t-il jamais brandi d'autre étendard que l'étendard national ? N'a-t-il jamais proclamé une autre autorité que l'autorité souveraine de la reine ? Non ! Son crime, c'est d'avoir voulu que lui et ses amis soient traités comme des sujets britanniques ; il n'a pas souffert qu'on trafiquât d'eux comme d'un vil bétail. S'il s'agit là d'un acte de rébellion, qui parmi nous, dans une situation semblable, ne se serait rebellé comme eux ? Somme toute, je considérerais les événements de la Rivière-Rouge en 1869-1870 comme une page glorieuse, si toutefois elle n'avait pas malheureusement été souillée du sang de Thomas Scott... » Malgré ce plaidoyer enflammé pour le rejet de la motion, la majorité vote pour l'expulsion de Louis Riel.

À la sortie de la Chambre des communes, Louis aborde le détective et, dans le but de le narguer, lui emprunte un morceau de tabac à chiquer. McCarthy le prend en pitié et accepte sans se douter de la véritable identité du vieillard.

— Je vous remercie de tout cœur. Je vous souhaite bonne chasse à l'homme ; ce Louis Riel semble très difficile à débusquer.

— Je le capturerai. Et comme l'a dit le premier ministre « *Riel must swing !* »

Inquiet, Jérôme entraîne son ami et le pousse dans la carriole où l'attend le docteur Beaudin.

— Nous devons partir rapidement. Les orangistes enquêtent sur ta présence et surveillent ma maison.

— Où allons-nous ? s'informe Louis.

— Je t'ai trouvé une cachette temporaire chez Adrien Moncton, à Angers. Pour brouiller les pistes, mon cousin t'hébergera ensuite à sa maison de Pointe-Gatineau.

Après quelques semaines à jouer au plus fin avec McCarthy et ses alliés orangistes, Louis et Jérôme font leurs adieux à leurs amis de Hull et partent pour Montréal afin d'assurer leur sécurité et surveiller l'actualité politique.

Aux élections suivantes, Louis se présente à sa propre succession et, avec l'aide de ses compagnons, Dubuc et Ritchot, devient député une troisième fois. Il croit inutile de tenter de siéger à Ottawa au milieu de ses ennemis, préférant se concentrer sur le procès d'Ambroise Lépine qui s'ouvre à Winnipeg, en octobre 1874. L'avocat québécois et ancien ministre, Adolphe Chapleau, défend gratuitement le chef militaire des Métis. Présent au palais de justice, Thomas suit les procédures avec intérêt pour ensuite transmettre les faits à Louis qui réside dans l'État de New York.

« Malgré l'éloquence et le charisme de l'avocat, en plus d'une recommandation de clémence de la part du jury, le juge Wood a condamné Ambroise Lépine à la peine de mort. »

« Une vague d'indignation soulève le Québec, répond Jérôme. D'après les journaux, les évêques catholiques ont demandé à Lord Dufferin de tenir sa promesse faite à monseigneur Taché de proclamer l'amnistie pour tous. Les pétitions des Canadiens français arrivent en grand nombre sur les bureaux des ministres fédéraux, et le gouvernement du Québec a voté une motion unanime demandant de gracier Ambroise. »

Quelque temps plus tard, une lettre entre les mains, Jérôme arrive chez le curé Fabien Barnabé, à Keeseville, dans l'État de New York, pour communiquer quelques informations à Louis.

— Le gouverneur général a commué la peine d'Ambroise. Il ne sera pas condamné à mort. Il purgera deux ans de prison et perdra ses droits civiques.

En proie à une grande fatigue, Louis se repose au presbytère pour reprendre des forces. Les propos de son ami lui redonnent un peu d'espoir.

— Je dois aussi t'annoncer une bonne et une mauvaise nouvelle.

— Alors, commence par la bonne, veux-tu? Ça m'aidera à mieux digérer la mauvaise.

— Le Canada vient d'accorder l'amnistie, promise depuis longtemps. La loi concerne Ambroise et toi, mais...

— Mais?

Jérôme hésite. Comment son ami réagira-t-il à la nouvelle? Sa santé lui paraît si fragile.

— Tu devras t'exiler pour une période de cinq ans.

Un silence inconfortable s'installe dans la pièce. Jérôme a l'impression d'entendre battre le cœur de son camarade. Après une longue pause, Louis prend enfin la parole :

— Je n'ai jamais cru à l'exécution d'Ambroise, mais j'étais loin de m'imaginer que l'exil m'attendait à nouveau au bout de la route. Je me considère maintenant comme un citoyen sans patrie.

— Tu as accompli ton devoir en défendant les droits des Métis, affirme le curé Barnabé.

— Ne te laisse pas abattre, mon vieux, dit Jérôme. Nous le vivrons ensemble cet exil forcé, et je t'accompagnerai partout, pour le meilleur et pour le pire.

***

Quelques semaines plus tard, Thomas reçoit une lettre de son cousin Jérôme en provenance de Montréal. Son visage devient blanc d'inquiétude quand il en entreprend la lecture.

« La santé de Louis m'inquiète. Son ami Edmond Mallet nous a accueillis dans sa demeure à Washington et nous a même présenté le président des États-Unis, Ulysses Grant. Nous sommes vite retournés chez Barnabé en raison d'une grave dépression dont souffre Louis. Le prêtre a essayé de le soigner, mais il a dû le confier à un médecin. La sœur de son père, madame Lee, l'a gardé un certain temps à Montréal, mais, impuissante à l'aider, elle l'a fait interner.

Pour déjouer l'ordre d'exil du gouvernement fédéral, sa tante l'a inscrit sous un faux nom à l'hôpital Saint-Jean-de-Dieu, à Montréal. D'après les professionnels de la santé mentale, Louis vit constamment dans la crainte d'être assassiné ou arrêté depuis les événements de 1869 et 1870. Son système nerveux a été incapable de supporter ces six années de pression. Il se trouve maintenant à l'asile de Beauport, et les docteurs parlent de lui donner son congé à brève échéance.

L'année dernière, monseigneur Bourget lui a envoyé une lettre pour l'encourager. Il affirmait que Louis avait une mission et que Dieu le protégerait. Il a pris ces mots au sérieux et, depuis ce temps, il parle de sa mission divine. »

Pris de vertiges, Thomas se met à genoux et prie pour demander l'aide de Dieu.

***

Sorti de l'hôpital, Riel retourne à Keeseville pour renouer avec le curé Barnabé. Ce dernier lui présente sa sœur Évelyne et, dès qu'il pose son regard dans les yeux limpides de la jeune femme, Louis en tombe amoureux. Peu de temps après, ils décident de se fiancer. Pourtant, un malaise l'assaille. Il en parle avec Jérôme lors d'un souper en tête-à-tête.

— J'ai un profond sentiment amoureux pour Évelyne, mais je dois me rendre à l'évidence : je ne possède rien et je vis aux crochets de son frère. Je l'aime trop pour rester ici à ne rien faire.

— Avec tes études, tu pourras sûrement te dénicher un travail rémunérateur. Partons à l'aventure vers l'Ouest! propose Jérôme, les yeux rieurs.

Les deux hommes préparent leurs bagages, puis Louis rencontre sa fiancée pour lui apprendre la nouvelle de son départ. La décision du jeune homme la laisse pantoise, elle qui espérait savourer une existence paisible auprès de sa famille et de son amoureux. Évelyne se résigne néanmoins à oublier ses rêves, après l'avoir gratifié d'un tendre baiser.

Les deux amis partent le cœur rempli d'espoir, mais le voyage s'avère plus long que prévu. Finalement, en cours de route, Louis cesse d'écrire à Évelyne, rompant ainsi les fiançailles. Les deux hommes décident ensuite de poursuivre vers l'Ouest américain où ils retrouveront leurs racines.

Peu de temps après leur arrivée, Jérôme rencontre Victoria Delorme, une jeune Métisse dont la mère provient de la tribu des Sauteux. Un prêtre bénit leur union à Pembina par un beau mercredi ensoleillé. Selon la tradition, le père de la jeune femme lui donne sa bénédiction le matin des noces. Après la cérémonie, les parents de celle-ci convient toute l'assistance à prendre le repas chez eux, et les deux familles se réunissent pour faire la fête.

Trois tables s'étirent sur toute la longueur de la maison. Les tourtières se promènent d'un convive à l'autre, suivies des boulettes, des tartes et du gâteau de mariage à trois étages. Étienne Delorme a aussi invité le curé à partager le festin. Il parle ensuite de Victoria en termes élogieux :

— Tu te réjouiras toute ta vie d'avoir marié ma fille, mon cher Jérôme. C'est une femme travaillante, propre et économe. En plus, elle a toujours eu une conduite irréprochable.

Louis, particulièrement attaché à son ami d'enfance et le connaissant très bien, demande la parole :

— Jérôme est comme un frère pour moi. Il m'a protégé et soutenu dans les moments difficiles. Je veux rassurer monsieur et madame Delorme ; il se comportera en bon mari pour Victoria et deviendra un chef de famille exemplaire.

— Buvons donc à la santé de nos tourtereaux.

Monsieur Delorme se lève, transfère l'alcool de sa cruche de grès dans une bouteille, puis se promène d'une personne à l'autre pour leur offrir un verre. La plupart des dames refusent, mais quelques-unes se permettent de trinquer un peu. Après avoir coupé le gâteau de noces et en avoir proposé des pointes aux convives, les mariés reçoivent des cadeaux. Les invités enlèvent ensuite les tables pour les reels à quatre et à huit. Les violoneux se mettent de la partie ; les hommes peuvent enfin démontrer leur habileté à danser la gigue. La noce se termine au petit matin, et chacun retourne à sa maison avec l'espoir qu'un autre mariage viendra bientôt égayer leur quotidien.

En 1879, les deux voyageurs rejoignent un groupe de Métis au Montana. Ils servent parfois d'interprètes pour l'armée dans leur rapport avec les Indiens, en guident d'autres à la chasse aux bisons, deviennent agents, traiteurs ou bûcherons et pratiquent divers métiers pour gagner leur vie.

Victoria les accompagne partout et partage leurs joies, leurs peines et leurs misères. Au cours d'un de leurs nombreux voyages, Victoria et Jérôme adoptent un jeune orphelin métis dont le père et la mère sont morts noyés lors d'une excursion de pêche au Dakota du Nord. Âgé de six ans, Jacob suit ses nouveaux parents et se sent en sécurité en leur compagnie.

Louis fait aussi la rencontre d'une femme à Carroll, au Montana; il trouve Marguerite Monet intelligente, jolie et charmante. Deux ans plus tard, il l'épouse devant témoins, à la Pointe-du-Loup, au fort Berthol. Puis, en 1882, le couple se marie à l'église de la mission Saint-Pierre. Son fils, Jean, naît deux mois après la cérémonie. Il prend alors la décision de devenir citoyen américain et en discute avec Jérôme.

— Nous irons ensuite à Saint-Vital sans craindre de représailles.

— C'est une bonne idée de revoir le Manitoba. Victoria et Jacob connaîtront enfin notre pays.

Louis Riel prête serment à la Constitution des États-Unis devant un juge du Montana, puis obtient sa citoyenneté américaine. Il tient promesse et arrive à Saint-Vital, après une absence de dix ans. Les visiteurs renouent avec leurs amis et participent aux célébrations de la Saint-Jean-Baptiste.

La famille de Louis leur ouvre les bras et les accueille en héros. Le voyage coïncide avec le mariage de sa sœur Mariette. Les retrouvailles sont joyeuses et remplies d'émotions. En compagnie de Julie et de Marguerite, Louis se rend au cimetière pour prier sur la tombe de sa grand-mère, Marie-Anne Gaboury, morte pendant son exil. De son côté, Thomas a renoncé à la prêtrise pour exploiter la ferme de Jérôme. Il les met au fait de la nouvelle réalité du Manitoba.

— Beaucoup de Métis ont quitté la région pour la Saskatchewan. Ils s'adaptent difficilement à la vie sédentaire et désirent vivre de la chasse, comme avant l'arrivée des

Ontariens. Ces gens nous traitent en parias et nous méprisent.

— La civilisation des Blancs les rejoindra partout où ils s'installeront, déclare Louis.

— Les spéculateurs ont vite compris le potentiel des terres et s'en emparent pour une bouchée de pain. En plus, les Anglais sont devenus majoritaires et veulent abolir le bilinguisme. Ils ont d'ailleurs commencé à modifier certaines lois.

— Notre culture constitue-t-elle un si gros fardeau pour eux ?

— Le français en fatigue plusieurs. Ils prétextent que le régime coûte trop cher.

— Ils supprimeront peut-être notre langue, ajoute Jérôme, mais les habitants de la Rivière-Rouge marcheront toujours la tête haute. Nous survivrons, envers et contre tous, et nous continuerons à parler le michif.

— Les Métis ont quitté la région en grand nombre, et ces départs réduisent la force de notre communauté. Nous vivons maintenant à la merci d'un autre peuple, et selon sa volonté.

Le séjour passe trop vite aux yeux des voyageurs, mais ils doivent retourner au

Montana pour reprendre leur emploi. Thomas les reconduit jusqu'à la frontière, où les adieux s'avèrent pénibles. Pour Louis, une nouvelle vie commence : un travail d'instituteur l'attend à la mission Saint-Pierre, dirigée par les Jésuites ; il enseignera aux enfants Métis et Indiens de la région.

Les deux exilés se rendent compte, après avoir foulé leur terre natale, qu'ils ont la nostalgie du pays. Ils y rejoindront sans doute Thomas un jour.

Quatrième partie

Retour dans l'Ouest

La chasse aux buffles, d'Henri Julien

Centre du patrimoine de la Société historique
de Saint-Boniface

Chapitre 18

Rencontre dans l'Ouest

Quelques années plus tard, pendant l'exil volontaire de Louis et de Jérôme, Thomas parcourt la prairie à la recherche d'un travail et de nourriture. Comme beaucoup de ses voisins, il a perdu sa terre. Sans égard aux drames vécus par les familles, et par tous les moyens, les nouveaux venus s'emparent des propriétés.

Aujourd'hui, il suit la piste des nombreux Métis de la Rivière-Rouge qui ont décidé de se fixer autour de Batoche, sur les bords de la rivière Saskatchewan-Sud, pour fonder plusieurs villages. Il veut d'abord se rendre au Lac-La Grenouille pour visiter un vieil ami, le père Marchand, rencontré lors de ses études en théologie.

Thomas accompagne un convoi de chariots tirés par des bœufs pendant quelques jours, puis bifurque vers le Nord. En chemin, le voyageur rejoint un groupe de chasseurs de bisons. Les troupeaux qui sillonnaient la plaine depuis des milliers d'années sont maintenant décimés, et les bêtes se raréfient. Il passe une dernière soirée en leur compagnie à fumer la pipe, à manger et à danser au son des violons. Chacun fabrique le sien avec attention et le chérit comme un trésor. Oscar Lachapelle et son frère Raoul, de vieux aventuriers, parcourent la plaine depuis leur enfance ; ils ont chassé le buffle toute leur vie. Ils doivent maintenant se remémorer leurs souvenirs : les plus jeunes réclament une histoire.

— Racontez-nous une chasse au bison.

— Celle où les Sioux ont attaqué les Métis.

Oscar lève les yeux au ciel pour regarder les étoiles ; plus de quarante années ont passé depuis cette bataille. Thomas intervient :

— Mon père et mon oncle ont participé à cette chasse. Ils y ont rencontré Gabriel Dumont. À l'époque, il avait treize ans.

Raoul confirme les propos du voyageur et affirme connaître Gabriel, François et Henri.

— Je me souviens de cette journée comme si c'était hier. Le ciel bleu immaculé de la matinée de mai portait les gens à rêver d'une chasse miraculeuse inspirée par le Manitou protecteur. Une caravane d'au moins cinq cents personnes, hommes, femmes et enfants, s'étirait sur deux kilomètres. Lentement, à trois voitures de front, tous se dirigeaient vers l'ouest à la recherche du gibier. Les roues grinçaient, et les cris aigus se perdaient dans la plaine.

Rêveurs, les gens écoutent les paroles du vieux Raoul, enviant la belle épopée de leurs ancêtres. Pour sa part, Thomas ferme les yeux et revoit son père François qui s'agitait quand il lui racontait cette histoire. Des images défilent dans sa tête. Les yeux vifs et la voix rauque, Oscar prend la relève et continue le récit :

— Cheveux au vent et agiles sur leur monture, les Métis parcouraient de longues distances pour surveiller les alentours. Les yeux sombres des cavaliers scrutaient l'horizon afin de prévoir le danger. Ils veillaient à la protection du convoi, composé de charrettes et de chariots tirés par des bœufs. Organisé comme une armée, le cortège avançait dans l'espoir d'apercevoir un gros troupeau de buffles de l'Ouest.

— Des gens de différents villages y participaient, poursuit Raoul ; ceux de Saint-Boniface et de Saint-Norbert avaient rencontré les chasseurs à la Prairie-du-Cheval-Blanc, puis ils s'étaient dirigés vers le Dakota du Nord et le Montana. Ils aimaient cette vie de nomade qui leur rappelait les histoires de leurs grands-pères maternels, membres des tribus des Pieds-Noirs, des Sauteux et des Cris.

— François et Henri agissaient comme capitaines, sous les ordres du chef Falcon, précise Oscar. Chacun accomplissait un travail bien précis, mais tous avaient reçu la mission de protéger les gens. Le missionnaire Louis-François Laflèche accompagnait le groupe avec sa charrette et sa propre tente. Comme le mois de mai est dédié à la Vierge Marie, leurs prières se dirigeaient vers elle.

« Le jour de l'attaque, un dimanche, les chasseurs avaient couché sur le plateau du Coteau du Missouri. Le prêtre avait placé sa voiture de niveau avec les autres pour dire la messe et donner la communion à tous les participants. »

— Au milieu d'un Notre-Père, précise son frère, les cavaliers ont aperçu un nuage de poussière. Vifs comme l'éclair, cinq cavaliers se sont précipités afin de vérifier la présence possible des bisons. Fidèles à leur habitude, ils se sont camouflés pour les observer et appeler les chasseurs à la rescousse, le temps venu. Après quinze jours de doute et de marche pénible, dans une chaleur parfois accablante, l'espoir renaissait parmi les gens.

— Les hommes sont revenus en vitesse pour annoncer une mauvaise nouvelle, ajoute Oscar. Gabriel criait : « Les Sioux nous attaquent ! » « Les Sioux nous attaquent ! » Jean-Baptiste Falcon, le chef des capitaines, a vite ordonné de placer les chariots et les charrettes en cercle très serré.

— Bien organisée et bien rodée, la caravane s'est déplacée dans le calme et s'est mise en position de défense, enchaîne Raoul. Les femmes s'occupaient des jeunes et les dissimulaient derrière les voitures ; d'autres aidaient leur mari à transporter les munitions. Le branle-bas de combat s'est poursuivi jusqu'à l'arrivée de l'ennemi.

« Les cris aigus des combattants effrayaient les enfants, et plusieurs se bouchaient les oreilles pour ne plus entendre les hurlements et les détonations. Dans un moment de panique, quelques-uns ont échappé à la surveillance de leur mère, pour courir d'un air affolé sans trop savoir quelle direction prendre. Les adultes les ont aussitôt rattrapés pour les ramener en lieu sûr. »

— Selon mon père, reprend Thomas, les chiens aboyaient sans arrêt, ajoutant à la cacophonie. Les Indiens tournaient autour des campements et tiraient dans tous les sens.

— Mieux organisés et bien armés, précise Oscar, les Métis ont tenté une offensive pour éliminer le plus d'ennemis possible et les éloigner de la caravane. Dans un effort concerté, les chasseurs ont foncé sur leurs attaquants, à cheval ou à pied, pour défendre la vie de leur famille. Au milieu du cercle, revêtu du surplis et de l'étole, le curé Laflèche brandissait son crucifix d'une main et un tomahawk de l'autre pour éloigner les Sioux.

— Le religieux nous avait conseillé de laisser les Indiens se rapprocher, pour économiser les munitions, et de viser juste, ajoute Raoul. La détermination des Métis a finalement eu raison de leurs frères de sang. Les Indiens se sont retirés pour offrir aux vainqueurs le libre accès aux territoires de chasse de l'Ouest. En plus, à la vue du missionnaire, les attaquants ont cru qu'un Manitou protégeait le convoi. Les cris d'enthousiasme ont retenti derrière les chariots et les charrettes. Tous dansaient de joie.

— Le capitaine Falcon a déclaré leur groupe vainqueur de l'affrontement, raconte Oscar. Les gens criaient victoire. La caravane s'est remise en marche, à la recherche du troupeau de buffles. Certains voulaient retourner à la maison après une telle attaque, mais leur survie dépendait du résultat de la chasse.

« Deux jours plus tard, encore sous le choc de l'assaut des Sioux, les chasseurs obtenaient enfin leur récompense. Devant eux, des milliers de bisons broutaient l'herbe de la prairie. Les cavaliers silencieux s'approchèrent le plus possible de la harde pour surprendre les bêtes. »

— C'est un beau récit, n'est-ce pas ? ajoute Oscar. J'aime le raconter afin que les plus jeunes s'en souviennent et le relatent à leurs enfants plus tard. Les Métis possèdent leur propre histoire : gardez toujours cela en tête. Nous méritons de vivre en peuple libre dans notre pays, malgré l'envahissement dont nous sommes victimes. Le gouvernement fédéral a commencé à enfermer nos cousins indiens dans des réserves, et il ne respecte aucun traité. Nous devons l'empêcher de nous traiter en parias et de nous affamer pour mieux nous contrôler.

La trentaine de personnes murmurent un moment avant d'approuver les paroles du vieux sage.

— Notre ami Thomas désire vous parler. Il nous quittera à l'aube pour aller plus au nord.

— Je désirais simplement profiter de l'occasion pour vous remercier de votre accueil, et je vous souhaite bonne chance pour le reste de votre voyage.

Fatigué, le voyageur se couche sous la charrette du vieux Oscar pour rêver d'une chasse miraculeuse.

Chapitre 19

Une famille indienne

Thomas quitte le convoi à l'aube et galope toute la journée en direction du Lac-La Grenouille. Il s'arrête près d'un petit lac pour se laver et se reposer. Au crépuscule, un bruit suspect attire son attention ; il saisit son fusil et inspecte les alentours pour connaître la source de ces lamentations. Il s'agit peut-être d'un animal blessé ou d'un loup qui attend le bon moment pour attaquer ! Soudain, le voyageur entend une voix féminine, presque inaudible.

— Au secours...

— Qui va là ?

L'homme inspecte les lieux avec l'espoir de trouver la provenance des gémissements plaintifs.

— I-ci...

Le voyageur enjambe quelques bosquets, fouille dans les feuillages pour enfin découvrir une famille indienne ; trois personnes gisent sur le sol. Thomas se précipite pour les examiner.

— Aidez-nous, supplie la mère.

— De l'eau, s'il vous plaît ! demande un adolescent.

Thomas lui donne à boire à même sa gourde, puis accourt vers la femme. À bout de force, elle prend la main de l'étranger et murmure :

— Je vous confie mon fils... Cachez-le ! Des Blancs veulent sa mort... C'est un bon petit...

Sur ces mots, elle ferme les yeux pour rejoindre son mari auprès du Grand Manitou. Thomas vérifie l'état du garçon sans trouver de blessure. Il conclut que la faim et la soif l'ont conduit à une faiblesse extrême. Le blessé murmure :

— Pitié, laissez-moi la vie sauve, je vous en conjure.

— Reste calme. Je vais te soigner et te nourrir, et tu auras retrouvé ton énergie dans quelques jours.

Thomas décide de s'installer sur les rives du lac, le temps de remettre le jeune garçon sur pied. Le lendemain, il creuse une fosse pour enterrer le couple indien.

— Dis-moi ton nom, petit.

— Les gens m'appellent Billy, de la tribu des Pieds-Noirs, mais papa préférait Petit-Élan.

— Veux-tu leur parler une dernière fois, Billy?

Petit-Élan essaie de retenir ses larmes, mais elles coulent abondamment sur ses joues. Thomas passe le bras autour des épaules de l'adolescent et le serre affectueusement près de la fosse de ses parents, où il peut prononcer un déchirant « adieu ».

Pendant une semaine, les deux inconnus apprennent à se comprendre et, surtout, à s'apprivoiser. Petit-Élan récupère vite. Ils se construisent un abri avec des branchages, pêchent et chassent le petit gibier. Lentement, même s'il a encore des instants de mélancolie, Billy retrouve sa joie de vivre.

— Nous devrons bientôt quitter cet endroit, l'avise Thomas. Qu'as-tu l'intention de faire? Je t'amènerai où il te plaira. À douze ans, tu peux décider de ton avenir.

Billy, silencieux, l'observe de ses grands yeux noisette. Sans dire un mot, il se lève, tourne les talons et court se cacher dans les bois. Étonné de sa réaction, Thomas le cherche dans le boisé et le retrouve après quelques minutes, tremblant de peur.

— Les Blancs m'attraperont si vous m'abandonnez. Je les ai vus lorsqu'ils ont attaqué mes parents pour voler un chargement de fourrures. Ces voleurs doivent ignorer mon existence.

— Où veux-tu aller ?

— Je souhaite poursuivre ma route à tes côtés, dit-il les yeux remplis de larmes. Ma mère m'a confié à toi. J'aimerais respecter sa dernière volonté. Accepte-moi comme ton fils ! Je t'en prie...

Thomas reste sans voix. Lui, un célibataire, un défroqué sans le sou, comment pourrait-il subvenir aux besoins de ce garçon ?

— Je suis un Métis, pas un Indien.

— Si je m'habille comme toi, qui se rendra compte de la différence ? Je possède quelques talents cachés. Par exemple, à l'occasion, je servais de traducteur au village : je parle français et anglais avec les voyageurs métis depuis mon enfance.

Sans réfléchir davantage aux conséquences de sa décision, Thomas accepte la proposition de l'orphelin. Ils éteignent le feu de camp et partent.

Après plusieurs jours de voyage, ils arrivent chez le prêtre Félix Marchand, à qui Thomas révèle leur secret. Le missionnaire oblat d'origine française s'amuse de la situation ; il fournit des vêtements à Billy et offre de le baptiser pour mieux camoufler sa véritable identité.

— Le nom de Thomas Boucher apparaîtra sur ton baptistère, et tu te nommeras Billy Boucher. Qu'en dis-tu ?

— D'accord ! déclare l'adolescent.

— Impossible de revenir en arrière, Billy ! le prévient Thomas, la voix étreinte par l'émotion.

— Je pose une seule condition : je continuerai à t'appeler Thomas.

Tous les trois éclatent de rire ; le père adoptif donne une accolade non seulement à son nouveau fils, mais aussi au célébrant. Le curé procède au baptême et promet d'être discret pour sauvegarder la sécurité du jeune Indien, témoin de l'assassinat de ses parents.

Lorsque le prêtre apprend que ses hôtes s'installeront à Batoche, il leur parle de la situation dramatique vécue par les habitants du Nord-Ouest et de la famine actuelle.

— Le gouvernement fédéral a réduit le budget destiné aux Indiens. Ceux de la rivière Qu'Appelle ont supplié le lieutenant-gouverneur de distribuer des vivres, sans obtenir de réponse. La chasse aux bisons est chose du passé, et ces gens s'adaptent mal aux réalités d'aujourd'hui.

— Comment un tel gâchis a-t-il pu survenir ? demande Thomas.

— La rage des chasseurs Indiens, des Métis et des Blancs n'a aucune limite. Lorsque quelqu'un les mettait en garde contre l'épuisement de l'espèce, ceux-ci l'accusaient d'agir en prophète de malheur.

— Ils croyaient que la ressource était inépuisable.

— L'humain se transforme parfois en sinistre destructeur, répond le missionnaire. Pour l'instant, le sort des gens d'ici me préoccupe au plus haut point. Lis la lettre du père Alexis André ; je l'ai reçue il y a peu de temps.

Thomas commence la lecture : « Quel changement depuis l'automne précédent ! J'arrivais à peine à reconnaître, en ces victimes de la faim, décharnées et misérables, sans vigueur et sans voix, les magnifiques Sauvages, véritables colosses que j'avais vus autrefois. Ce n'était plus des hommes, mais une bande de squelettes ambulants. »

— Les Métis et les Indiens formulent des griefs aux fonctionnaires d'Ottawa, mais l'unilinguisme anglais de ces derniers fait avorter toute tentative. Ils ne cachent d'ailleurs pas leur mépris envers les Français.

— La plupart d'entre eux sont analphabètes, indique Thomas. Leurs plaintes n'inspirent qu'indifférence. La même condescendance existe partout dans l'Ouest.

— La situation commence à inquiéter les missionnaires. Si le mécontentement continue, les colons se révolteront contre le système. Quand un humain s'abaisse à manger ses chiens et ses chevaux, et des carcasses de loup en décomposition, il devient difficile pour lui d'entendre la voix de la raison.

— Avec le chemin de fer, le gouvernement fédéral peut rapidement envoyer des soldats et écraser tout mouvement de révolte.

— Le nom de Gabriel Dumont, le réputé chasseur de bisons, revient souvent, précise Félix Marchand. Mais il manque d'instruction et de subtilité pour se hisser au rang de chef.

— Je le connais depuis son séjour à la Rivière-Rouge. Même s'il ne possède aucune expérience politique, c'est un fameux meneur d'hommes. Avec Louis et Ambroise, je le considère comme le Métis le plus intelligent du Nord-Ouest.

— Certains parlent de faire appel à Louis Riel pour leur venir en aide.

— Et Charles Nolin? demande Thomas. Le cousin de Louis a été ministre au Manitoba.

— Plusieurs le jugent intrigant. Peu de gens lui accordent leur confiance, même s'il demeure le premier à préconiser la résistance.

— Il a trahi les siens en 1870 et s'est ensuite réconcilié avec Louis après les événements. Il agit toujours selon ses intérêts personnels.

Le père Marchand s'interroge surtout sur le jeu des Anglais. Ils poussent les Métis et les Indiens à la révolte, mais sans trop se compromettre. La plupart des Blancs militent contre Macdonald et semblent bien contents de lui nuire depuis son retour au pouvoir. Par contre, eux aussi subissent le marasme économique actuel.

Un peu découragés par la situation, Thomas et Billy disent adieu au missionnaire. Ils se dénichent une cabane en rondins à Batoche et s'installent avec l'idée de repartir à la Rivière-Rouge à la première occasion. Une semaine plus tard, un employé de la forge se noie dans la rivière Saskatchewan et Thomas le remplace. Il conseille à Billy de rester discret sur les circonstances de leur rencontre.

— Tu es mon fils, n'oublie pas. Évitons d'éveiller les soupçons sur nous. Tu pourras chasser et pêcher à ta guise pendant la journée. Tu dois te sentir libre comme avant, même si les contraintes de cette vie en société diffèrent beaucoup de ta façon de vivre habituelle.

— Que me demanderas-tu en retour ? murmure Billy d'un ton rieur.

— Je te trouve plutôt futé pour ton âge. En fait, je te propose d'apprendre à lire et à écrire.

— Je suis trop vieux pour étudier.

— Je te laisse le choix, mais j'aimerais beaucoup t'offrir ce cadeau en héritage.

— J'accepte pour te remercier, mais je doute de mes capacités dans ce domaine.

— Tu l'ignoreras toujours si tu rejettes mon offre.

Les nouveaux venus s'intègrent peu à peu à la communauté. Ceux qui côtoyaient Thomas du temps de la Rivière-Rouge s'étonnent parfois de la présence de Billy, mais le père adoptif fournit toujours la même réponse sur son union par consentement mutuel.

— J'ai marié une Indienne à la mode du pays, il y a plusieurs années et, depuis son décès, je garde mon fils à mes côtés. Nous apprenons à nous connaître. Voilà pourquoi j'ai renoncé à prononcer mes vœux.

Malgré son idée de quitter la région, et compte tenu de l'inertie du gouvernement, Thomas s'intéresse au mouvement de protestation de son peuple. Poussés par les Blancs, les Métis anglais et français participent en grand nombre à une assemblée qui a lieu dans une école de Prince Albert.

Chacun formule ses griefs et déplore la mauvaise condition de l'économie; le nom de Louis Riel revient souvent sur les lèvres. Thomas côtoie Gabriel Dumont, Charles Nolin, Maxime Lépine et plusieurs autres; ils condamnent la façon dont le fédéral administre le territoire et, surtout, l'indifférence de l'État envers la misère des gens.

— Le gouvernement manque à sa parole et ne respecte personne.

— Le prix du blé a chuté, affirme un autre cultivateur.

— La valeur de nos terres baisse, ajoute son voisin.

— La famine fait rage depuis des années, explique un quatrième.

Malgré des discussions serrées, les gens adoptent une résolution avec l'espoir de pousser le fédéral à l'action : « Nous, Français et Anglais, natifs du Nord-Ouest, sachant que Louis Riel a conclu, en 1870, un arrangement avec le gouvernement canadien, connu sous le nom de l'Acte du Manitoba, proposons qu'une délégation soit envoyée à Louis Riel pour qu'il nous aide à formuler nos résolutions et à les soumettre au gouvernement canadien, lequel devra répondre à nos justes demandes. »

Thomas se prononce contre l'idée de relancer son ami Louis, parti au Montana depuis longtemps.

— Il mène une vie sereine et il est devenu citoyen américain. Il travaille maintenant comme instituteur et aspire à la tranquillité après des années de malheur et de misère.

En fait, Thomas craint pour la santé mentale de Louis s'il revient dans cet enfer. Il sait pertinemment que les Anglais lui pardonneront difficilement sa détermination lors des événements de 1870. Il mettrait sa main au feu que les Blancs de Prince Albert le laisseront tomber à la première occasion. Quant à Macdonald, redevenu premier ministre, il voudra sans doute prendre sa revanche sur Louis compte tenu de la résistance rencontrée à la Rivière-Rouge, surtout que le ministre George-Étienne Cartier n'est plus à ses côtés pour tempérer le bouillant politicien.

Malgré des arguments contraires, l'assemblée forme une délégation afin d'aller rencontrer Louis aux États-Unis. Un comité effectue une collecte parmi la population pour payer les dépenses des délégués. Thomas décide de les accompagner.

— Mon frère vit dans le même village ; ce sera une occasion pour moi de connaître sa famille.

Billy saute de joie en apprenant la nouvelle. L'adolescent rêve déjà de traverser la prairie et de sentir le vent lui caresser le visage. Une autre surprise l'attend quand son père arrive avec un cheval.

— Voici ta récompense pour avoir étudié, dit-il en tenant fièrement l'attelage dans ses mains. Je veux que tu deviennes un homme libre plus tard ; et la liberté passe par l'instruction.

— Formidable, Thomas ! Tu es vraiment un père pour moi.

Le lendemain, les représentants du Nord-Ouest s'engagent sur la route du Montana dans le but de convaincre Louis Riel de prendre la tête du mouvement de contestation et de défendre de nouveau les droits des Métis.

Chapitre 20

Le retour

Le 4 juin 1884, Louis assiste à la messe à la mission Saint-Pierre; Jérôme entre dans l'église, avance jusqu'au banc de Riel et se penche pour murmurer à son oreille :

— Gabriel Dumont, Michel Dumas, Maxime Lépine, Moïse Ouellette et James Isbister patientent à l'extérieur. L'arrivée d'un sixième voyageur te réjouira sûrement aussi.

Louis le regarde avec étonnement, puis quitte son banc pour rencontrer les visiteurs. Il les attendait depuis quelques semaines et commençait à se demander s'ils viendraient vraiment. L'homme salue chaleureusement les délégués. Gabriel et Maxime manifestent une grande joie de revoir l'ancien chef politique. La longue barbe poivre et sel de Dumont et sa prestance font réagir Louis :

— Tu as à peine changé depuis toutes ces années ! Tu sembles toujours aussi combatif et alerte, mon ami.

— Quatorze ans plus tard, nous revoilà à la case départ, répond Dumont.

— Notre lutte de 1869 et 1870 a porté ses fruits, pourtant...

— Je croyais que l'Acte du Manitoba protégeait les droits des Métis du Nord-Ouest, mais nous devrons encore nous battre pour les préserver.

— Notre bataille pour la survie ne se terminera jamais, affirme Maxime, le frère d'Ambroise Lépine.

Louis serre de nouveau la main des quatre délégués et les invite à discuter en après-midi.

— Allez vous reposer à la mission. Les Jésuites ont mis des chambres à votre disposition.

C'est le moment choisi par Thomas et Billy pour sortir de l'ombre ; Louis, bouche bée, regarde son ami comme s'il voyait un revenant. Les deux hommes se précipitent dans les bras l'un de l'autre dans un grand éclat de rire.

— Thomas ! Je n'en crois pas mes yeux ! Ta présence me réconforte grandement !

— Je désirais tant vous revoir tous les deux, dit Thomas en se retournant vers Petit-Élan. Voici mon fils, Billy. Je vous expliquerai la situation pendant le repas.

Les regards se tournent vers l'adolescent ; tous lui souhaitent la bienvenue.

— Plusieurs événements marquent nos compatriotes, dit Louis.

— Parfois, avoue Thomas, j'aimerais mener une existence plus paisible.

— La vie des Métis n'a rien de tranquille, répond Louis.

— Nous vivons une vie difficile, confirme Jérôme. Ni Indien ni Blanc, notre peuple se retrouve dans une situation inconfortable. Notre place reste toujours incertaine, et notre réalité est souvent remise en question soit par les autres ethnies, soit par les autorités.

— Voilà justement la raison qui nous amène ici, dit Thomas.

Dans la journée, Billy fait connaissance avec Marguerite, la femme de Louis, et de ses jeunes enfants, Jean et Marie-Angélique. Son père, Thomas, lui présente Victoria, la femme de Jérôme, et son fils Jacob, âgé de onze ans. Les deux adolescents se lient tout de suite d'amitié. La perspective de parcourir les plaines ensemble les remplit de joie.

Le lendemain, Louis et les cousins Boucher rencontrent les délégués. Gabriel prend la parole et va droit au but.

— Tu connais le motif de notre venue au Montana. Qu'en penses-tu?

— Je me plais bien aux États-Unis; je travaille et je subviens à mes besoins, mais j'avoue que la routine de mon travail d'enseignant m'ennuie. Là-bas, je vivrais encore aux crochets des autres. Pour quelle raison irais-je me compliquer l'existence dans le Nord-Ouest?

— La survie de notre peuple se jouera au bord de la rivière Saskatchewan-Sud. La population compte sur toi.

— Je dois réfléchir aux conséquences avant de prendre ma décision et mieux connaître les enjeux pour ma famille et pour moi.

— Nous comprenons tes hésitations, répond Michel Dumas.

Le représentant des anglophones, James Isbister, opine de la tête et déclare :

— Les habitants du Nord ont besoin d'un chef. Ton nom revient souvent parmi la population.

— Je vous remercie de votre confiance. Mon confesseur saura me conseiller et m'éclairera sur les répercussions d'une telle décision, dit-il en se levant pour clore la réunion.

Peu après, en compagnie de Jérôme et de Thomas, Louis s'entretient avec le père Frederick. Ce dernier se montre réticent et essaie de dissuader Riel de partir en croisade contre le gouvernement fédéral.

— Votre voyage finira dans un bain de sang et se soldera par une défaite. Je te recommande de refuser leur offre. Pense à Marguerite et aux bébés.

— Je sais, mais les Métis ont besoin de moi.

— J'ai eu vent d'une lettre de monseigneur Grandin, l'évêque de Saint-Albert, poursuit le prêtre. D'après lui, les colons commettent une grosse bêtise en se compromettant avec toi. Ils choisissent la mauvaise voie, et Ottawa n'hésitera pas à les punir.

La réponse du missionnaire déçoit les trois visiteurs, mais ils comprennent ses réticences.

— Les Métis et les Indiens meurent de faim, et Ottawa s'en moque ! affirme Thomas. Les fédéraux bafouent les traités pour s'emparer des terres et placer les Indiens dans des réserves afin de mieux les contrôler ; ils ont d'ailleurs diminué les budgets pour l'achat de vivres.

— La famine les tue à petit feu, ajoute Jérôme. Ils perdent peu à peu leur dignité d'hommes libres.

— Les Canadiens font preuve de malhonnêteté, soutient Louis. Le combat de la Rivière-Rouge se répète en Saskatchewan.

Lors de sa deuxième rencontre avec Gabriel et les autres délégués, le chef métis accepte d'aller dans le Nord-ouest. Il pose cependant une condition :

— Je passerai seulement quelques mois parmi vous. Peut-être qu'en présentant des pétitions à Ottawa, le ministre écoutera nos doléances.

— Quelle bonne nouvelle ! s'exclame Moïse Ouellette.

— Je dois cependant revenir tôt en automne pour reprendre mon travail.

Jérôme persuade Victoria de l'accompagner, et tous partent à l'aventure. Le 10 juin, le groupe entreprend un long périple de plus de mille kilomètres entre la mission Saint-Pierre et Batoche. Les femmes et les enfants voyagent dans un chariot, tandis que les hommes chevauchent côte à côte. Toutefois, durant le voyage, Thomas est conscient de la fébrilité de Louis. Son cousin et lui jurent de le protéger contre ses ennemis qui ne manqueront pas de se manifester.

Comme leur père, Jacob et Billy effectuent le long trajet à cheval. Ils s'amusent à galoper, à chasser le petit gibier et à pêcher durant les haltes. Habitués à se tirer d'affaires seuls, les jeunes gens font preuve d'indépendance, une qualité essentielle à la survie dans la prairie. Puis, enfin, au début de juillet, apparaît une lumière au bout du tunnel.

— Papa! Papa! crie Jacob. Des charrettes s'avancent là-bas.

L'annonce de l'arrivée de Louis Riel a provoqué un va-et-vient inhabituel dans la région. Une cinquantaine de voitures viennent à la rencontre du chef métis pour former un cortège jusqu'au village, une manière officielle de lui souhaiter la bienvenue. Louis s'installe chez son cousin Charles Nolin, alors que Thomas invite la famille de Jérôme à sa maison. Les trois hommes se rencontrent le lendemain pour discuter de la situation. Thomas exprime une certaine réticence face à la présence de son ami à Batoche.

— Je suis heureux de t'avoir à nos côtés mais, en même temps, j'ai peur de te mettre en danger.

— Reste confiant! Dieu me protégera contre mes ennemis.

— Les soldats se préoccupent peu de Dieu.

— Je conserve toujours la lettre de monseigneur Bourget sur moi. Il m'a écrit ceci : « Tu as une mission à accomplir, celle de préserver les droits des Métis. »

**

Louis fait la connaissance du père Vital Fourmond quelques jours plus tard. Le chef veut sonder le terrain avec les missionnaires de la région et connaître leur opinion sur sa présence parmi les Métis.

— Je suis parti du Montana avec la bénédiction des Jésuites. Je viens donc humblement réclamer celle des révérends pères Oblats de Saint-Laurent. Je souhaite entreprendre ma mission sous la direction du clergé et d'après ses conseils.

Le curé lui souhaite la bienvenue, mais, prudent, se contente d'écouter sans émettre de commentaires. Le dimanche suivant, le chef prend la parole à l'église de Batoche. Il y va d'un discours serein et plein de sagesse pour rassurer les prêtres qui s'empresseront, croit-il, de rapporter ses propos au lieutenant-gouverneur. Il recommande la patience à ses amis.

— Restez paisibles et utilisez des moyens légaux. Vous réussirez ainsi à obtenir les mêmes droits que les Métis du Manitoba. Nous commencerons par faire signer des pétitions.

La personnalité charismatique de Louis produit l'effet attendu. Les gens lui accordent d'emblée leur confiance. Ils accourent de partout pour lui parler. Même son ancien secrétaire à la Rivière-Rouge, Louis Schmidt, lui offre ses services. Riel refuse ; il lui conseille plutôt de garder son emploi au bureau des terres pour aider les habitants de la région.

De leur côté, toutefois, les missionnaires voient d'un très mauvais œil, non seulement la présence de Louis Riel, mais surtout l'emprise qu'il exerce sur les résidants de Batoche et des environs.

Chapitre 21

Appuis et division

Une semaine après son arrivée, Louis participe à une grande réunion, à Batoche, en compagnie de Gabriel Dumont, de Charles Nolin et de Maxime Lépine, où cinq cents personnes l'acclament. L'accueil chaleureux des Anglais, des Français et des Métis encourage Louis à continuer la lutte. Par un discours modéré, il gagne l'appui de la plupart des participants.

À cette occasion, il rencontre William Henry Jackson, un homme d'action, ancien étudiant de l'université de Toronto, qui parle le français et soutient la cause des Métis de l'Ouest.

Après l'assemblée, un avocat anglophone souhaite organiser un événement semblable à Prince Albert et insiste pour inviter le chef métis à y prononcer un discours. Mis au courant de l'affaire, le père Alexis André, missionnaire à la mission Saint-Georges à Prince Albert, le lui déconseille avec force :

— Selon mes sources, de violents incidents risquent de troubler la rencontre.

— Je redoute, moi aussi, de me retrouver dans un milieu anglais, répond Louis. Je me fie à votre parole et je déclinerai donc l'invitation.

Cependant, les Anglais s'entêtent et lui adressent une pétition d'une centaine de noms. Plutôt embêté, Louis fait part de ses réticences à Jérôme.

— Il faut te fier à ton instinct, lui conseille son ami.

— Je crains de déplaire au curé si j'accepte. Nous aurons besoin de l'appui du clergé pour soutenir notre cause.

Maxime Lépine, devenu le bras droit de Louis, insiste pour tenir la réunion. Quelques jours plus tard, le chef métis lui montre une note reçue du père André. « L'opinion, ici, à Prince Albert, est si prononcée en votre faveur et on vous désire si ardemment que ce serait un grand désappointement pour les gens du village si vous ne veniez pas. Vous êtes l'homme le plus populaire du pays et, à l'exception de quelques-uns, tout le monde vous attend avec impatience. Je n'ai que cela à vous dire. Venez, venez, venez vite. » Louis décide d'accepter l'invitation formulée avec tant d'enthousiasme.

Le 19 juillet, presque tout le village se déplace pour voir et entendre Louis Riel. Il en reste éberlué.

— Des curieux sont venus de partout pour mettre un visage sur ton nom ! lance Thomas, visiblement heureux de l'assistance nombreuse.

— Prononce un autre discours modéré, lui recommande Jérôme. Tu pourrais les gagner à notre cause.

Louis monte sur l'estrade sous les applaudissements de la foule :

— Je lance un appel à l'unité à toutes les races du Nord-Ouest. Nous devons agir de façon juste pour le bien-être des Indiens qui, ne l'oubliez pas, se sont fait voler leurs territoires avec l'arrivée de la civilisation occidentale. Pour leur part, les sang-mêlé ne sont pas en mesure de soutenir la concurrence des Blancs de l'est du Canada.

Doué sur le plan oratoire et possédant un puissant charisme, Riel prêche la paix et l'union sous les hourras de la foule. Il avance que les Métis doivent obtenir gratuitement un titre des terres qu'ils habitent. Enthousiasmé par la performance de l'orateur, Jackson devient le secrétaire de Louis Riel. La réunion de Prince Albert donne aussi un élan au mouvement de protestation chez les anglophones. Ils profèrent de violentes menaces, mais en paroles seulement, comme dit Thomas.

— Je sais bien, répond Louis, que les Anglais servent leurs propres intérêts. Ils resteront à la maison ou, pire, s'enrôleront dans la milice pour nous massacrer si une rébellion éclate contre Ottawa.

— Pour le moment, déclare Maxime, la situation économique désastreuse qui sévit dans la région les force à regarder de notre côté ; ils utilisent notre cause pour aviser le cabinet fédéral qu'ils ont des besoins urgents.

William Jackson arrive à temps pour entendre la déclaration de Lépine.

— Le Parti conservateur de Macdonald reste le seul responsable de tous les problèmes du Nord-Ouest. Le gouvernement s'oppose à tout, même aux justes doléances de la population.

— Tes propos résonnent comme ceux d'un vrai libéral.

— Et j'en suis fier. Si la crise actuelle persiste ou s'amplifie, je me prononcerai pour la séparation de l'Ouest et formerai une fédération d'États.

— Bonne chance, mon vieux, lui souhaite Thomas.

— Le chef indien Gros-Ours veut s'entretenir avec toi, Louis. Nous pourrions le rencontrer à mon domicile à Prince Albert.

Louis accepte l'invitation, et la réunion se tient chez Jackson. Après les politesses d'usage, l'Indien va droit au but. Trapu, avec un visage ridé aux traits énergiques, l'homme exprime clairement ses demandes.

— Votre mouvement soutiendra-t-il nos revendications ? demande le chef des Cris des Plaines.

— Vous pourrez compter sur notre appui pour défendre nos frères. Nous requerrons vos droits, tout autant que ceux des Métis.

— Le gouvernement fédéral viole constamment les ententes et se comporte en colonisateur cruel, déclare Gros-Ours.

— Le premier ministre Macdonald ne veut rien entendre de nos revendications, et ses fonctionnaires méprisent autant les Métis que les Indiens.

— Pour nous forcer à signer le traité, Ottawa a coupé les rations et notre peuple meurt de faim. Les Canadiens sont prêts à tout pour s'emparer de nos terres et nous placer dans des réserves. J'en ai visité plusieurs et tous les chefs déplorent la pauvreté dans laquelle vivent les Indiens.

Louis Riel approuve ces propos. Gros-Ours est le dernier chef à refuser de s'installer dans une réserve et cherche des alliés pour appuyer sa cause et l'aider dans ses pourparlers avec Ottawa.

— Les jeunes s'impatientent ; si j'échoue à trouver une solution, mes chefs de guerre, Āyimisīs et Esprit-Errant, me remplaceront et deviendront chefs de bande. Ils attaqueront alors les villages blancs.

Chacun retourne ensuite à ses occupations, satisfait de la discussion. Peu à peu, cependant, le rapprochement entre les deux groupes cause des remous chez les Canadiens, minoritaires face aux Indiens. Thomas le signifie à son ami.

— Les Anglais disent que tu encourages les Indiens à la révolte et ils croient que les Métis utilisent les tribus pour faire triompher leurs causes.

— Les journaux conservateurs de la région se déchaînent aussi, précise Maxime. Ils en profitent pour attiser les vieux préjugés et rappeler tes antécédents politiques.

— Le clergé commence à douter de toi et s'inquiète de l'alliance avec Gros-Ours, ajoute Thomas.

— Il nous faut absolument le soutien de l'Église, comme nous l'avions obtenu à la Rivière-Rouge ; sinon, nous éprouverons des difficultés à atteindre notre objectif : le peuple écoutera les prêtres.

La semaine suivante, lors d'une rencontre avec le père André, une prise de bec éclate entre Riel et l'homme d'Église à ce sujet. Cette dispute confirme les craintes de Louis.

— Vous marchez main dans la main avec le gouvernement et vous racontez tout au lieutenant-gouverneur.

— Cessez donc de mélanger religion et politique ! répond le prêtre. Votre fanatisme nuira à la cause des Métis.

— Alors, expliquez-moi la nature de votre relation avec le représentant de la reine. Vous discutez de la pluie et du beau temps, je présume ? Qui servez-vous ? Les paroissiens ou les politiciens ?

— Quelle insolence ! Mes fréquentations me regardent, et je vous défends d'y mettre le nez.

— Je perds confiance dans le clergé ; je doute de l'infaillibilité de l'Église dans le domaine de la politique.

— Vous parlez beaucoup trop de votre mission divine. Vos idées utopiques conduiront les pauvres Métis au bord du gouffre.

— Les prêtres nous ont soutenus au Manitoba, dit-il en frappant du plat de la main sur la table. Ils nous ont conseillé au lieu de nous créer des embûches.

Afin d'apaiser la colère des deux hommes, Thomas écourte l'entretien en prétextant un rendez-vous important. Louis et ses amis sortent en coup de vent du bureau, conscients que ce désaccord pourrait nuire à leur cause. Le chef métis est en furie :

— Cet hypocrite a réussi à me faire sortir de mes gonds !

— Les missionnaires sont sympathiques à notre cause, explique Thomas, mais ils voudraient contrôler eux-mêmes leurs paroissiens.

— Tu leur fais ombrage, affirme Jérôme. D'ailleurs, monseigneur Vital Grandin viendra bientôt à Batoche pour administrer la confirmation aux enfants et, d'après la rumeur, le secrétaire du lieutenant-gouverneur l'accompagnera dans son voyage.

Tel que je le connais, dit Gabriel, le sourire aux lèvres, il profitera sûrement de l'occasion pour t'offrir un cadeau ou tâter le terrain.

Gabriel a misé juste : après la cérémonie, André Forget converse avec les gens et se faufile jusqu'à Maxime.

— Si la population le désire, Louis Riel pourrait obtenir un siège au conseil du Territoire du Nord-Ouest.

— Je vous recommande d'en discuter avec le principal intéressé, monsieur.

Le secrétaire fait la sourde oreille et ajoute :

— Il pourrait travailler pour ses compatriotes et toucher un salaire annuel de mille dollars...

Maxime lui lance un regard froid, puis se retourne vers son voisin pour s'excuser. Il dépose son verre sur une table et sort.

Informé de la nouvelle, Louis rejette l'offre du revers de la main. Il reconnaît bien, la façon de négocier de John Macdonald qui avait déjà voulu l'acheter en 1870 avec un poste de policier.

— Pensez-vous vraiment que je m'abaisserais à lui répondre ? J'aurais l'impression de laisser tomber les Métis et, pire, de les trahir.

Malgré ses démêlés avec le clergé, Louis continue d'assister à la messe du dimanche, de se confesser et de communier. Ainsi, il déstabilise les missionnaires et montre aux Métis qu'il est pieux et soumis à l'Église. Cette manière d'agir en irrite plusieurs.

Chapitre 22

L'idée de révolte

Selon les missionnaires, Louis Riel doit retourner au Montana. Le père Fourmond parle à son ami Thomas du dilemme de ses confrères.

— Les curés déplorent les écarts de langage de Riel. Je reste, à l'évidence, le dernier à l'appuyer encore. Tous le croient complètement fou de s'en prendre ainsi à l'Église.

— Louis subit leur animosité depuis son arrivée à Batoche.

— En présence du père Végreville, il a déclaré que personne ne devrait s'appeler évêque ou prêtre, mais plutôt serviteur de Dieu. Si l'Église le désapprouve, il s'adressera directement à Dieu. Et pourtant, il fait figure de saint chez les Métis et il prie plus que certains d'entre nous.

— L'expulser vous causerait sans doute quelques ennuis.

— Je comprends son point de vue ; je prône la patience et parle de compréhension. Les missionnaires attribuent son attitude aux souffrances morales et aux malchances qu'il a vécues dans le passé.

— Monseigneur Grandin devrait le traiter en allié.

— L'évêque s'inquiète de la situation et a écrit au ministre Hector Langevin pour le supplier d'accorder des titres de terres aux Métis. Malheureusement, Macdonald s'est prononcé maintes et maintes fois contre la distribution des terrains comme au Manitoba ; il croit que les sang-mêlé de la colonie de la Rivière-Rouge les ont laissés aller pour quelques misérables dollars.

— Nos fermes sont tombées aux mains de spéculateurs fonciers sans scrupules, réplique Thomas d'un ton sec. Les nouveaux venus ontariens ont créé tellement de problèmes que beaucoup ont abandonné les terres ou les ont vendues au rabais pour se faire une nouvelle vie, plus à l'ouest.

— Le premier ministre voit les choses autrement.

— Ottawa devait aussi indemniser Louis pour la perte de ses biens quand ils l'ont exilé de force, mais ils ont renié leurs promesses.

— Le père André a fait des démarches en ce sens auprès du lieutenant-gouverneur, mais Macdonald refuse.

Selon le missionnaire, le surintendant de la police du Nord-Ouest, le major Lief Crozier, souhaite lui aussi le départ de Riel pour assurer la tranquillité de la région.

— De son côté, monseigneur Grandin déplore le mépris des fonctionnaires fédéraux envers les francophones, et m'a affirmé qu'il en a informé les autorités.

D'après ses contacts, la pétition signée par des centaines de personnes, dont William Jackson et le Métis anglais Andrew Spence, apporte de bons arguments et force le cabinet Macdonald à réfléchir sur un arrangement équitable. Les gens réclament le statut de province pour la Saskatchewan, la distribution des terres sans discrimination et le paiement d'une indemnisation pour Louis Riel.

— C'est beaucoup d'un seul coup de la part des conservateurs, surtout pour le premier ministre, indique Thomas avant de quitter son ami Fourmond.

La réponse du gouvernement arrive par l'entremise du lieutenant-gouverneur ; le fait que l'information soit remise à Charles Nolin, et non à lui, mécontente Louis. La lecture du document attise sa colère. Ottawa lui refuse même le montant demandé pour son exil forcé. Lors d'une importante réunion organisée pour faire connaître la décision du gouvernement, Louis s'en prend au fédéral avec violence.

— Plusieurs Métis du Nord-Ouest obtiendront des titres, et cela me réjouit. Vous l'exigiez depuis des années et voilà, enfin, que le parti au pouvoir agit. Je dois cependant annoncer une nouvelle déplaisante : les habitants du Manitoba, à qui ils ont déjà concédé des terrains, n'obtiendront pas de titres pour les terres qu'ils occupent.

Les huées s'élèvent dans la salle ; les gens veulent poursuivre le combat. Riel les calme et reprend son discours.

— Le gouvernement a volé l'Ouest au peuple : nous devons l'affirmer haut et fort ! Il ne respecte aucun des traités signés avec les Indiens, devenus des indigents cantonnés dans des réserves à la charge de l'État.

— Nous vivions en liberté depuis des millénaires ! crie un Indien. À présent, nous mourons de faim comme des esclaves, et ils nous traitent comme des enfants.

— Je dénonce la mauvaise volonté d'Ottawa et son manque de clairvoyance ! clame l'orateur. Pour quelle raison les ministres attendent-ils toujours que la violence éclate avant d'agir ?

— Pour mieux nous mater ! répond un participant assis au fond du local.

Les gens applaudissent et continuent de chahuter, puis le silence revient. Les bras au ciel pour ramener les intervenants au calme, Riel leur jette soudain un regard sombre.

— Mes amis, ma mission dans le Nord-Ouest se termine aujourd'hui. Le fédéral vous accordera des titres après le rapport de la commission gouvernementale sur la question des terres. Je dois maintenant rentrer au Montana.

— Non ! Non ! Non ! scande la foule.

— Mais les conséquences ?

— Nous les subirons ! répondent les gens de la salle à l'unanimité.

— Nous te suivrons jusqu'au bout, promet un délégué anglophone de Prince Albert.

Les participants applaudissent à tout rompre les propos de l'orateur, ce qui lui raccroche un sourire sur les lèvres.

Au fil des semaines, malgré les concessions d'Ottawa, le groupe originaire du Manitoba continue de manifester son mécontentement. Gabriel Dumont ne décolère pas ; Louis doit passer de la parole aux actes.

— Depuis ton arrivée à Batoche, nous avançons à pas de tortue. Nous parlons et parlons encore... sans jamais agir !

— Si Macdonald refuse les revendications des Métis, quelle option nous reste-t-il ?

— Tu nous as pourtant assuré que le fédéral céderait si nous prenions des mesures énergiques.

— Nous pouvons brandir les armes, répond Louis, mais nous devons obtenir la bénédiction de l'Église. Tu deviendras alors le chef de guerre des Métis.

Ils soumettent le plan à Charles Nolin, mais, ayant lui-même promis au père André de s'opposer à la violence, il écarte la proposition. Le missionnaire rejette lui aussi l'idée de façon catégorique quand ses visiteurs en discutent avec lui.

— Proclamons un gouvernement provisoire ! lance Louis.

— Quelle bande de rêveurs et de fous ! riposte le prêtre. Nous ne sommes plus en 1870. Avec le train qui traverse l'Ontario, le cabinet peut envoyer des troupes dans un court délai pour écraser la révolte. Les communications vont très vite depuis l'arrivée du télégraphe dans l'Ouest, et les ministres savent tout ce qui se passe dans la région.

— Nous devons arrêter l'injustice qui frappe les nôtres, déclare Maxime.

— Nous affronterons les soldats s'ils osent venir ici, affirme Gabriel.

— Sortez de mon presbytère et oubliez le désordre et la violence ! Dorénavant, je vous considère comme des ennemis.

Louis échange un regard tranchant avec son cousin. Charles, impassible, une lueur malicieuse dans les yeux, lui lance :

— Louis, tu devrais commencer une neuvaine pour réfléchir à la question.

Tous attendent la réponse dans le silence le plus complet. Louis rejette la suggestion du revers de la main mais revient finalement sur sa décision et accepte pour, dit-il, prier

Notre-Dame-de-Lourdes de l'éclairer dans ses décisions à venir.

Quelques semaines plus tard, Riel et les principaux meneurs assistent à la messe célébrée par le père Fourmond. Louis côtoie Maxime Lépine, Gabriel Dumont, Damase Carrière, Pierre Parenteau et plusieurs autres.

Pendant le sermon, le prêtre recommande aux fidèles d'observer le quatrième commandement :

— Nous devons écouter les paroles du pape Grégoire, qui interdit de contester le pouvoir établi. À ceux qui prendront les armes, l'Église se verra dans l'obligation de leur refuser l'absolution.

Riel bout de colère et apostrophe le curé après la cérémonie.

— Vous avez transformé la chaire de vérités en chaire de mensonges, de politique et de discorde en osant menacer de refus des sacrements tous ceux qui utiliseraient leurs fusils pour la défense de leurs droits les plus sacrés.

À partir de ce jour, les événements se précipitent. Thomas s'inquiète de plus en plus ; un ami proche de l'inspecteur Gagnon lui a confirmé que la North West Mounted Police a demandé des renforts au commissaire Irvine, posté à Regina.

Chapitre 23

La colère gronde

L'annonce de l'arrivée d'un contingent armé dans la région se répand comme une traînée de poudre. Le 18 mars, Riel et ses amis prennent possession de l'église de Batoche pour la transformer en poste de commandement.

— La guerre est déclarée, indique Louis au curé Moulin. Il est inutile de m'empêcher d'agir.

— Alors, je n'ai plus rien à dire.

Le lendemain, fête de Saint-Joseph, patron des Métis, Louis et les principaux dirigeants du mouvement de révolte se rencontrent pour former un gouvernement provisoire. L'excitation monte d'un cran au moment où Louis prend la parole.

— Je rallierai tous les sang-mêlé, y compris les Indiens du Canada et des États-Unis, pour défendre nos droits. Le temps est arrivé de gouverner ou de périr.

— Nous devrions manifester en grand nombre avec nos armes, propose Gabriel. Le fédéral comprendra peut-être en voyant le sérieux de notre démarche.

— Je m'oppose à un affrontement armé contre le Canada, répond Maxime.

— Je refuse de participer à un suicide collectif, spécifie Philippe Garnot, le nouveau secrétaire de Riel.

Garnot a remplacé William Jackson, celui-ci ayant décidé de se convertir au catholicisme et de recevoir le baptême. Pour le moment, il se consacre à sa nouvelle religion.

— Beaucoup de Métis hésiteront avant de se brouiller avec l'église, avance Thomas. Ils préféreront rester chez eux; ils subissent l'influence religieuse des missionnaires depuis si longtemps.

— Les curés comptent sur Charles Nolin pour semer la division, déclare Gabriel. Ton cousin s'est entouré d'alliés hostiles à la lutte armée.

— Charles répète les mêmes gestes qu'à la Rivière-Rouge. Il participe à l'organisation, mais quand la situation se corse, ce traître se retourne contre ses amis. Je lui ai pardonné sa traîtrise il y a quinze ans ; aujourd'hui, je ne tolérerai pas sa façon d'agir.

Louis, furieux de la trahison de son cousin, ordonne son emprisonnement et le condamne à mort au nom du gouvernement provisoire.

Maxime intervient et convainc l'accusé de donner son appui au mouvement. Ce petit problème réglé, les rebelles décident de s'emparer du fort Carlton sans employer la violence. Louis lance un ultimatum au major Crozier pour lui ordonner d'abandonner les lieux. Sinon, lui écrit-il : « ...nous entamerons une guerre d'extermination contre ceux qui se dresseront sur notre route ». L'endroit contient la nourriture nécessaire pour combler les besoins des combattants. Gabriel Dumont s'impatiente :

— Demandons l'aide des Indiens. Le gouvernement craint un soulèvement de leur part. Pour Macdonald, les Métis forment un groupuscule négligeable, et il se moque de nos revendications.

— Les Métis anglais préfèrent la neutralité et regarderont la bataille de loin, dit Jérôme. Ils refuseront de combattre.

— Ainsi que les Anglais de Prince Albert, confirme Thomas. Les promesses de ces gens ne valent rien.

— Nous agirons seuls pour réveiller tout ce beau monde, déclare Gabriel.

Au cours de la journée, avec la volonté de se défendre contre les agents de la North West Mounted Police, Jérôme, Maxime et plusieurs autres saisissent les armes du magasin Kerr de Batoche, puis emprisonnent les employés. Pendant ce temps, Louis et ses compagnons prennent d'assaut celui de Walker et Baker pour s'emparer des fusils et des munitions. Ils enferment le propriétaire avec les autres prisonniers. Le chef s'adresse ensuite à Maxime Lépine et à Moïse Ouellette.

— Votre mission consiste à couper les fils télégraphiques qui relient Batoche à Prince Albert.

Le père Fourmond croit avoir mal entendu lorsque Louis l'avise de ses intentions. Jérôme et Thomas lui conseillent la prudence pour éviter d'envenimer leurs relations déjà tendues.

— Une insurrection armée aboutira à un échec complet, s'exclame le père Fourmond.

Tes hommes se feront massacrer pour rien, et les Métis perdront tous leurs biens.

Batoche Letendre, le propriétaire du magasin général, et fondateur du village, entre au même moment et donne raison au curé. Louis le salue et répond :

— Mes hommes se disent prêts à mourir pour défendre leurs droits.

— C'est bien ma plus grande crainte, déclare le commerçant. Toutefois, plusieurs écouteront les prêtres. Malgré toute leur volonté, la plupart ne résisteront pas à l'autorité ecclésiastique, et les rares qui oseront se lever avec vous ne suffiront pas pour gagner cette bataille.

— Gabriel nous attend, lance Jérôme pour clore le sujet épineux. Une affaire urgente.

Malgré la suggestion de Jérôme de quitter les lieux, la discussion continue. Selon Thomas, l'État et le clergé marchent main dans la main afin de garder la population dans un état de soumission. Alors, pourquoi s'acharner à discuter avec les curés ?

Pour sa part, Riel retient sa langue et, avant de sortir, se contente de saluer le missionnaire Fourmond. À partir de ce moment, Louis cesse de dialoguer avec l'Église et décide de s'adresser directement à Dieu.

Une situation plus importante menace les combattants : le major Crozier arrive avec un détachement de la North West Mounted Police.

Chapitre 24

Les Indiens attaquent

Malgré les avertissements du marchand Mitchell, le commandant de la gendarmerie envoie un détachement au lac aux Canards pour s'approvisionner en vivres et en armes. Gabriel et ses hommes interpellent le petit groupe de soldats avant leur arrivée.

— Halte ! s'écrie Gabriel.

— Écartez-vous de la route et laissez-nous passer.

— Je vous ordonne de retourner au fort Carlton et de rester hors de notre territoire.

Aussitôt, un cavalier s'échappe du groupe et galope jusqu'au fort pour prévenir le major Crozier. Impétueux, l'officier rassemble une centaine de policiers et de volontaires. Sur le terrain, les Métis les attendent de pied ferme. Le contingent se déplace près du lac aux Canards, au centre d'une petite vallée entourée de collines ; du côté adverse, Louis, Gabriel et trois cents rebelles, Indiens et Métis, avancent vers eux.

Une tentative de pourparlers tourne au vinaigre dès qu'Isidore Dumont, le frère de Gabriel, s'approche en compagnie d'un Indien pour discuter avec le responsable et son interprète. À la suite d'un faux mouvement, croyant à une manœuvre de l'ennemi, Crozier ordonne de tirer.

— C'est un piège. Feu à volonté !

— Ripostez ! crie Louis. Au nom du Père Tout-Puissant : feu ! Au nom de Dieu le Fils : feu ! Au nom de Dieu le Saint-Esprit : feu !

Pendant la bataille, Thomas et Jérôme aperçoivent Louis qui se promène à cheval, une ceinture fléchée autour de la taille avec un crucifix entre les mains.

— Protège-toi ! hurle Thomas.

— Il a perdu la tête ! affirme Jérôme.

Pendant la quinzaine de minutes que dure le combat, Isidore Dumont tombe au champ d'honneur en compagnie de cinq autres compagnons, dont le représentant du chef cri, son ami indien Assiyiwin. De son côté, le major Crozier prend conscience de son erreur en voyant onze de ses hommes étendus sur le sol. Les autres s'enfuient à travers champs pour échapper aux balles. Le major sonne la retraite.

— Poursuivez-les! ordonne Gabriel.

— Arrêtez! crie Louis. Je vous demande, pour l'amour de Dieu, de cesser le feu.

— Nous pouvons les anéantir! proteste le chef de guerre.

— Assez de sang a été répandu.

Les combattants ramènent les morts à leur foyer; la plupart sont inhumés à Saint-Laurent. Les familles refusent de porter le deuil et les considèrent comme des martyrs de la cause métisse. Pendant ce temps, la panique s'empare des Blancs qui craignent une alliance entre les Indiens et les Métis. Charles Nolin se sauve à Prince Albert pour se mettre en sécurité, mais les habitants le prennent pour un agent double et l'emprisonnent sur-le-champ.

— Voyez ce qui arrive aux fuyards et aux lâches! lance Louis devant ses hommes. Les Anglais les jettent en prison. Notre victoire au lac aux Canards les a terrifiés.

Le chef envoie des messages à toutes les tribus pour les inciter à la rébellion.

« Soulevez-vous et faites face à l'ennemi. »
Dans une autre missive, cette fois adressée
aux Métis, il écrit : « Soulevez les sauvages,
réduisez avant tout les policiers de fort Pitt
et de Battleford à l'impuissance. »

La pire crainte des Canadiens se concré-
tise : des tribus indiennes prennent le chemin de la guerre. Les Assiniboines et les Cris
du grand chef Faiseur d'Enclos, sous les
ordres du guerrier Petit-Pin envahissent les
bâtiments du village de Battleford et forcent
les villageois à se réfugier dans les casernes
de la gendarmerie. Malgré les appels au
calme du grand chef, Petit-Pin ordonne
ensuite aux guerriers de monter un immense
camp de guerre à l'ouest du village. Même
phénomène à Eagle Hill, où l'instructeur
agricole trouve la mort durant l'attaque.

Le 2 avril, un Jeudi saint, les guerriers
du chef Gros-Ours, sous le commandement
d'Esprit-Errant, se ruent sur l'église du Lac-
La Grenouille pendant la cérémonie de lave-
ment des pieds. Neuf personnes perdent la
vie lors de l'altercation, dont deux missionnaires et l'agent des affaires indiennes.

— Arrêtez ! Arrêtez ! crie Gros-Ours.

— Trop tard, répond Esprit-Errant. Plus personne ne t'écoute.

En tournée sur le territoire pour constater les dégâts et rencontrer les gens, Thomas, Jérôme et leur fils se promènent de village en village pour recueillir des témoignages. Thomas apprend la mort du père Marchand avec une grande tristesse. Il arrive à temps pour assister à son enterrement et le remercier une dernière fois pour le baptême de Billy.

— Rien de bon ne sortira de ce désordre, déclare Thomas. Les Canadiens vont se braquer contre nous et envoyer des troupes pour nous anéantir.

— Louis se rend-il vraiment compte de la gravité de la situation ? demande Jérôme.

— Il croit que le gouvernement négociera comme il l'a fait en 1870.

— Les lourdes responsabilités de chef exercent une énorme pression sur lui. Nous devons l'aider à sortir indemne de ce guêpier.

— Il aurait dû refuser l'offre de venir en Saskatchewan. Sa santé se détériore.

— Essayons de le protéger du mieux possible, puis nous le ramènerons au Montana.

De retour à Batoche, les deux cousins rencontrent Louis et Gabriel pour leur rapporter les faits et leur annoncer le décès du missionnaire.

— Les Indiens ont suivi le mot d'ordre, dit Jérôme. Ils ont attaqué les magasins, détruit des bâtiments et semé la terreur sur leur passage.

— Le père Lacombe a réussi à contenir les Pieds-Noirs, raconte Thomas. Et ils ont accepté de rester tranquilles.

— À Saint-Albert, monseigneur Grandin a demandé aux Métis de s'enfermer dans leur maison et de protéger leur famille. De plus, à l'Île-à-la-Crosse et au lac La Biche, des prêtres ont organisé un corps de volontaires pour défendre les villages.

— Nous devons oublier leur aide, en conclut Riel. Les curés ont tenu parole et divisent nos forces.

— Nous avons appris une autre mauvaise nouvelle, déclare Jérôme. Un chef indien nous a prévenus de l'arrivée prochaine de la milice canadienne, commandée par le général Frederick Middleton. D'après les informations, il établira son quartier général à Qu'Appelle, aux alentours du 25 avril.

— Il a réussi à réunir plus de sept mille hommes, soldats et recrues, pour affronter quelques centaines de Métis, confirme Thomas.

— Les prochains mois seront difficiles pour notre jeune nation, répond Louis avec un trémolo dans la voix.

Le chef place les mains sur les épaules de ses fidèles amis, les regarde dans les yeux un moment, puis s'enferme dans son bureau. Deux jours plus tard, Louis décide d'envoyer des éclaireurs métis pour le tenir au courant du mouvement des troupes de Middleton.

À l'annonce de la venue de l'armée à Batoche, plusieurs rebelles prennent peur et retournent à la maison. Malgré les exhortations de Gabriel, d'autres refusent de livrer bataille. En plus, l'attitude de Louis face au clergé les attriste ; ils se sentent tiraillés entre leur foi et leur désir de combattre. Le chef en vient d'ailleurs à leur défendre d'aller à la messe du dimanche pour contrer l'influence des missionnaires. Certains lui obéissent, mais plusieurs critiquent sa décision et lui reprochent sa conviction d'accomplir une mission divine. Philippe Garnot, un jeune Québécois plus instruit que la plupart des gens, se confie à Thomas.

— Les idées mystiques de Louis m'inquiètent sérieusement.

— Il désire protéger les droits des sang-mêlé de toutes ses forces, tu le sais bien.

— Je crois en sa sincérité et en son dévouement, puisque je le côtoie au conseil. La majorité des Métis se jetteraient à l'eau si Louis le leur demandait. Ses disputes avec les missionnaires les troublent beaucoup, cependant. Nous devons intervenir avant...

L'arrivée de Jacob, le fils de Jérôme, met fin à la conversation.

— Monsieur Dumont a besoin de tous ses combattants. La troupe de Middleton campe à deux heures de marche de Batoche.

Thomas et Philippe dépêchent des messagers dans toutes les fermes pour les prévenir, mais deux cents hommes seulement répondent à l'appel. Ils rejoignent Gabriel à l'Anse-aux-Poissons dans le but d'empêcher l'armée de progresser. La neige tombe à gros flocons. Vers quatre heures du matin, Gabriel Dumont, Thomas Boucher et Napoléon

Nault quittent leur position dans l'espoir de recueillir des informations. Ils s'arrêtent sur une colline pour fixer l'horizon. Le chef militaire pointe la vallée de sa main.

— Regardez! Des soldats ennemis poursuivent des cavaliers Métis.

— Essayons de les faire dévier de leurs cibles et de les entraîner dans les bois, propose Napoléon.

Méfiants, les militaires interrompent la poursuite avant d'entrer dans la forêt, puis retournent à leur camp respectif. Vers sept heures, l'éclaireur Gilbert Berland arrive en trombe et demande à parler à Gabriel.

— Une colonne d'environ huit cents hommes avance vers nous.

— Dissimulez vos chevaux dans la forêt, ordonne le chef militaire.

Il choisit vingt volontaires pour dresser une embuscade contre les miliciens.

— Quand ils seront bien engagés dans la coulée des Tourond, nous les encerclerons comme un troupeau de buffles.

Dès le début de l'engagement et les premiers coups de canon, plusieurs Indiens et

Métis prennent peur et s'enfuient dans la campagne. Le 24 avril, à Batoche, le grondement des armes remplace les cris des grenouilles de la rivière Saskatchewan-Sud. Jérôme Boucher et Édouard Dumont sortent dans la rue pour voir les habitants courir dans tous les sens, cherchant à se mettre en sécurité.

— Je ne peux rester ici à attendre, alors que mes frères s'exposent à la mort, dit Édouard.

— Tu as raison. Je procède à une autre tournée dans les fermes pour rassembler le plus de partisans possible.

Les deux amis réunissent quatre-vingts cavaliers pour aider leurs compagnons à combattre les troupes de Middleton. Pendant la bataille, les hanches entourées d'une ceinture fléchée, Louis se promène parmi les combattants pour les encourager. Sans fusil, les bras en croix, il prie Dieu de protéger ses hommes et lui demande de leur accorder la victoire. À la fin du combat, Gabriel compte quatre morts, deux blessés et la perte d'une cinquantaine de chevaux.

— Je vois au moins une dizaine de corps sur le terrain et une cinquantaine de blessés dans le camp adverse.

— Il doit penser que nous sommes plus nombreux ; au moins, nous avons arrêté son avance.

— Nous jouissons de l'avantage du terrain, murmure Louis.

— Nous devons ce triomphe aux prières de notre chef, Louis Riel ! proclame Gabriel en s'adressant à ses hommes.

Gabriel savoure son succès, mais il le sait d'instinct, le général continuera la bataille jusqu'à la fin.

Chapitre 25

La bataille de Batoche

Victorieux, Gabriel à leur tête, les combattants métis entrent dans Batoche en emportant leurs morts. Louis continuera cependant à se battre sur deux fronts : il devra préparer ses hommes à la bataille finale contre Middleton en plus de supplanter le clergé sur son terrain. Selon l'opinion de plusieurs, les deux combats sont perdus d'avance.

Déjà, le père Fourmond accueille Louis avec des reproches ; un grave affrontement se produit le dimanche après Pâques. D'emblée, le curé défend à ses ouailles de participer à la révolte. Riel réplique avec force :

— Comment ces pauvres gens, que vous essayez de tromper et d'aveugler sur ma mission divine, peuvent-ils se fier un instant à vous, quand ils ont devant eux un traître indigne qui pactise avec leurs oppresseurs ? Comment osez-vous prétendre que prendre les armes contre un tyran pour la défense de leurs droits constitue pour eux un crime ?

— Oui ! Je l'ai dit et je le répète ici devant vous et devant ce peuple, égaré par votre faute, que vous conduisez à la ruine, au désespoir et à la mort : c'est un crime de prendre les armes contre les autorités constituées. Je ne l'appellerai pas autrement ! Car Dieu déclare maudit celui qui appelle le mal bien et le bien mal. C'est un crime de lever l'étendard de la révolte ! Dieu proclame comme un devoir pour tout chrétien de rendre à César ce qui appartient à César, et à Dieu ce qui est à Dieu.

La dispute entre les deux têtes fortes se poursuit devant les fidèles réunis, qui suivent avec attention les arguments de chacun. L'éloquence de Louis l'emporte haut la main.

— Le travail nous attend ! crie Gabriel. Il y a un temps pour prier et un autre pour défendre nos droits. Aidez-moi à creuser des tranchées et dressons des embuscades.

— Je vous interdis de l'écouter ! ordonne le prêtre.

— Je conseille aux habitants de retarder les labours et de se consacrer à la défense de Batoche, dit Louis, sans porter attention à l'homme d'Église. Je connais les conséquences d'une telle demande, mais nous devons d'abord repousser Middleton.

Les hommes se mettent à l'œuvre malgré les interdictions du prêtre et ses menaces d'excommunication. De leur côté, les femmes fondent les casseroles et tous les objets en métal pour couler des balles. Thomas regarde les gens s'activer et croit que la bataille est impossible à gagner.

— La victoire des Assiniboines et des Cris de Faiseur d'Enclos, près de Battleford, sur les troupes du colonel Otter, les encourage sans doute à poursuivre la bataille.

— Petit-Pin, le chef de guerre cri, a déployé ses hommes dans un ravin boisé et la stratégie s'est avérée une excellente idée, poursuit Jérôme.

— Les Autochtones possédaient un énorme avantage. Ils ont entraîné les soldats dans une plaine triangulaire en pente et les ont encerclés comme un troupeau de bisons.

Dans la pensée de Thomas, il en résultera mort, destruction et famine pour le peuple. En ce sens, il rejoint le père Fourmond, mais il préfère rester près de Louis pour le protéger, le moment venu. Il en discute avec Jérôme.

— Je trouve hasardeux et dangereux d'entraîner les Métis dans une guerre contre une armée bien organisée et munie de canons et d'une mitraillette Gatling. Cet engin crache des centaines de projectiles à la minute. Certains ne possèdent qu'un mousquet, d'autres un fusil à canard juste bon pour la chasse.

— Je te comprends. Les habitants craignent pour leurs biens depuis que les soldats ont incendié la résidence de Gabriel après avoir tout volé, déclare Jérôme. Ils ont embarqué la machine à laver, les vêtements de sa femme et tous les meubles sur le bateau *Northcote*. Même sa table de billard a disparu. Je doute, moi aussi, de notre capacité à triompher d'une armée entraînée... Mais si nous devons nous défendre, nous le ferons jusqu'à la mort !

— Certaines familles ont quitté leur maison et creusé des trous au bord de la rivière pour s'y cacher en prévision d'une attaque.

— Espérons que ce geste les sauvera. J'ai aussi appris que Marguerite attend un enfant. Si les miliciens assaillent sa cabane, Louis en sera encore plus perturbé.

— En d'autres circonstances, cette grossesse aurait émerveillé tout Batoche, soupire Thomas.

Au fil des semaines, pour saper le moral des combattants, les militaires pillent et détruisent la plupart des fermes des alentours. Ils incendient même les demeures des Blancs. Le 8 mai, la troupe campe sur la terre de Gabriel Dumont, située au bord de la rivière, et équipe le vapeur *Northcote* d'une mitraillette dans l'intention d'attaquer Batoche à partir du cours d'eau. Gabriel distribue les ordres.

— Nous placerons un câble d'acier entre les deux rives. À l'instant où le bateau franchira les rapides, nous le tendrons pour le faire chavirer, si possible.

Au début de la matinée, juste après les manœuvres, les Métis commencent à viser les membres d'équipage du *Northcote* des deux côtés de la rivière. Plusieurs marins se jettent dans les flots pour éviter les balles.

— Tirez sur la corde! ordonne le chef militaire.

Comme prévu, le câble arrache les cheminées, et le bâtiment part à la dérive. Les rebelles continuent à viser les matelots qui s'aventurent sur le pont. Gabriel dépêche en éclaireurs Patrice Fleury et Ambroise Champagne pour patrouiller sur les deux rives de la Saskatchewan-Sud afin de prévenir une attaque-surprise de ce côté.

Middleton attaque Batoche vers neuf heures. Des obus tombent sur le village, et la mitraillette crache des balles. Louis se promène dans les tranchées pour encourager ses hommes. Peu après, le curé Moulin reçoit un plomb à la jambe; les prêtres hissent le drapeau pour se rendre. Des soldats les aident à sortir du presbytère et les amènent à l'abri.

— Ces hommes d'Église vont sans doute donner de l'information à l'ennemi sur nos positions, avance Maxime.

— Quelle bande de lâches! clame Jérôme.

Les combats reprennent de plus belle autour de l'église, mais la crainte de manquer de munitions en décourage plusieurs. Gabriel envoie alors des messagers dans les fermes encore debout pour demander de fondre des balles.

Jacob, Billy et quelques autres galopent aussi vite et aussi loin que possible pour prévenir les femmes. Ils effectuent des tournées régulières pour ramasser des munitions et, au mépris du danger, les distribuent aux combattants. Billy tombe de son cheval, puis roule sur le sol, alors qu'un obus démolit un magasin sur son passage.

— Billy !

Thomas abandonne son abri pour se précipiter au secours de son garçon. Les projectiles sifflent autour de lui, son cœur bat la chamade et des larmes roulent sur ses joues, mais il court avec une seule idée en tête : ramener son fils en lieu sûr.

— Papa !

— Ne bouge pas ! J'arrive.

Thomas saisit le bras de son fils adoptif et le traîne sur une quinzaine de mètres, jusqu'à l'église. Sauvé, enfin. Le père et le fils s'étreignent fortement. Inquiet, Jacob surgit au pas de course. Ils entrent dans l'église pour se reposer et se remettre de leur émotion.

Malgré l'incident, les jeunes insistent pour continuer leur travail. Ils reçoivent l'ordre de trouver des clous et des pierres de la taille d'une balle, pour les utiliser contre les Anglais.

Malgré la Gatling et les boulets de canon, aucun Métis ne meurt au cours des deux premiers jours. Quand les rebelles apprennent que les prêtres et les sœurs soignent les soldats, la colère monte en eux.

— Ils nous qualifiaient de traîtres et les voilà qui prennent soin des militaires canadiens ! lance Bouvier, indigné.

— Ces curés juraient de nous refuser les derniers sacrements si nous décidions de combattre, ajoute Letendre. Maintenant, ils aident nos adversaires.

— Je ressens un tel dégoût, lance Nault. Ils nous tournent le dos, alors que nous avons besoin de leur soutien.

De son côté, Gabriel scrute les lignes ennemies et réfléchit à une façon de protéger ses hommes contre le feu nourri de la mitraillette Gatling.

Chapitre 26

La lutte continue

Pendant la nuit, sous les ordres d'Élie Dumont, quatre hommes sortent des tranchées; agiles et silencieux, ils se faufilent comme des ombres jusqu'aux troupes canadiennes. Leur mission consiste à s'emparer de la Gatling ou de la mettre hors d'état de nuire. Ils courent et se camouflent entre les maisons, détruites pour la plupart à coup de canon.

Ils rampent ensuite avec patience et prudence, comme des loups guettant leur proie. Le silence règne : tous connaissent les directives. Pendant de longues minutes, dissimulés derrière un bosquet, ils surveillent les alentours et attendent le bon moment pour passer à l'action. Les volontaires se souviennent des ordres de Gabriel : si l'opération s'avère trop dangereuse, ils doivent rebrousser chemin.

— Encerclons l'unité, murmure Élie.

Ils progressent, puis aperçoivent des dizaines de soldats près de la précieuse arme. Ils renoncent à leur plan pour éviter de tomber entre les mains de Middleton. Élie et ses hommes retournent explorer le terrain quelques heures plus tard, mais les étincelles d'une grange incendiée retombent dans la prairie et y mettent le feu. Craignant d'être surpris par des militaires, ils se sauvent à toute vitesse vers l'église. Pendant la nuit, pour harceler la troupe adverse, malgré le manque de munitions, les Métis et les Indiens tirent sporadiquement sur la palissade construite par les Canadiens.

Le lendemain, les miliciens creusent des trous plus profonds pour se protéger des tirs de l'ennemi. Ils ont profité de l'obscurité pour avancer, mais ils doivent reculer devant la résistance des Métis. Par malchance, des boulets de canon détruisent deux cabanes en bois rond dont se servaient les compagnons de Gabriel pour s'abriter.

— Courage! clame Louis. Montrons-leur ce dont nous sommes capables.

Gabriel ordonne de contenir les soldats loin du cimetière. Il conduit Louis à l'intérieur du temple et lui glisse quelques mots à l'oreille.

— Les munitions s'épuisent. Si Middleton sonne l'assaut, nos hommes deviendront des cibles de choix.

— Je prierai encore plus, mais je crains que nous devions penser à une meilleure stratégie.

— Mettons les femmes et les enfants en sécurité, lui conseille Gabriel. Plusieurs se terrent dans les trous sur les rives de la rivière, mais des dizaines tremblent de peur dans les sous-sols des maisons.

Le 12 mai, Louis adresse un message à Middleton : « Si vous massacrez nos familles, nous massacrerons l'agent des Sauvages et les autres prisonniers. » Le général répond immédiatement : « Je suis anxieux d'éviter le massacre des femmes et des enfants et j'ai fait de mon mieux en ce sens. Mettez-les dans un lieu que vous m'indiquerez et il ne sera pas fait feu dans cette direction. Seulement, je compte sur votre honneur pour qu'aucun homme ne se trouve parmi eux. »

Le dialogue se poursuit, mais les militaires s'impatientent. Les colonels Williams et Grasett donnent l'assaut, et l'ennemi se répand dans le village sans tenir compte des pourparlers en cours. Les Métis se battent sans relâche ; cependant, à court de munitions, ils doivent s'enfuir dans l'espoir de retrouver leur famille et de les mettre à l'abri. Gabriel, Louis, Thomas et une douzaine d'hommes restent sur les hauteurs pour ralentir les soldats et protéger la retraite des autres combattants. Malgré les recherches de Thomas, Jérôme demeure introuvable.

Le vieux monsieur Ouellet, âgé de quatre-vingt-treize ans, refuse de fuir même si Gabriel le supplie de se replier.

— Venez, Jos ! Il faut reculer.

— Arrête donc, je veux abattre encore un Anglais.

— D'accord, nous périrons ensemble, réplique Gabriel.

Une balle atteint alors le vieillard qui s'éteint dans les bras de son chef. Il rejoint, au paradis des Métis, la trentaine de ses compagnons tués lors de la bataille. Il y retrouvera son copain Joseph Vandal, plus jeune d'une vingtaine d'années ; l'aîné a combattu dans la tranchée jusqu'à la fin. Il est mort en brave, la poitrine transpercée par une baïonnette, comme une dizaine de ses amis.

Pendant quatre jours, Métis et Indiens ont tenu tête à des effectifs plusieurs fois supérieurs aux leurs. Gabriel avoue sa déception à Thomas et à Pierre Parenteau, dont le fils est décédé le 24 avril à la bataille de l'Anse-aux-Poissons.

— Je ne pouvais battre les Canadiens, je suis assez réaliste pour l'admettre, mais j'espérais surtout qu'ils acceptent de négocier nos revendications.

— Nous devrons renoncer à notre mode de vie, dit Thomas. Le Nord-Ouest suivra l'exemple du Manitoba.

Sur cette déclaration fatidique, les derniers défenseurs de Batoche s'enfuient vers des horizons différents. Pendant la dispersion dans les bois, Gabriel et Thomas rencontrent Louis.

— Qu'allons-nous faire? demande le chef, d'une voix éteinte. Nous sommes vaincus.

— Vous deviez savoir qu'en prenant les armes, nous serions défaits, répond Gabriel.

— Eh bien, je leur donnerai ce qu'ils veulent.

— Que vas-tu faire, Louis? demande Thomas.

— Vous le saurez bien assez vite. Pour l'instant, je vous supplie de vous trouver une cachette sûre et de me laisser seul pour me permettre de réfléchir à la suite des événements.

Les deux fuyards écoutent le chef à regret et se sauvent dans la forêt. Le lendemain matin, après une mauvaise nuit à penser aux paroles de Louis, Thomas persuade Gabriel de partir à sa recherche. Pendant quatre jours, ils parcourent les bois sans résultat. Ils ont aussi espoir de croiser Jérôme, mais leurs mouvements sont limités par les patrouilles militaires de Middleton. Les miliciens les auraient-ils arrêtés avec la centaine d'autres rebelles?

Pendant ce temps, les deux disparus se reposent chez une Indienne, dans le fond des bois, où elle les cache dans son abri pendant une semaine. Au moment de partir, le chef lui offre sa ceinture fléchée pour la remercier. Avant de quitter la cabane, il s'adresse à son ami.

— Je veux que tu rejoignes Gabriel et Thomas. Allez aux États-Unis et recommencez une nouvelle vie. Moi, ma décision est prise.

Les deux hommes se donnent une accolade et restent de longues minutes dans les bras l'un de l'autre. Quand Jérôme le regarde dans les yeux, avant de s'éloigner, il sait que jamais plus il ne le reverra. Le lendemain, il apprend que Louis s'est rendu au général Middleton, sur sa promesse de garantir sa sécurité. Jérôme retrouve sa femme et son enfant dans une grotte, sur les rives de la rivière, puis traversent la frontière où il rencontre Gabriel.

De leur côté, Thomas et Billy se sont réfugiés dans un abri, fabriqué avec des branches et du feuillage, où ils se cachent pendant six jours pour se faire oublier de l'armée. Protégés par le père Fourmond, ils retournent dans leur cabane sans craindre les représailles des militaires.

En route pour Batoche, Thomas prend conscience des funestes résultats de la vengeance de Middleton. Sur plus de cinquante kilomètres, au bord de la rivière, l'ennemi a pillé et incendié les maisons des Métis et des

Blancs. La plupart des animaux de la ferme sont morts ou disparus, et les familles affamées errent sur leur terre à la recherche de nourriture. Thomas rencontre le missionnaire au presbytère pour prendre des nouvelles.

— Les chefs indiens Faiseur d'Enclos et Gros-Ours se sont rendus à Middleton. La révolte du Nord-Ouest est terminée.

— Je m'inquiète aussi de Jérôme. Je l'ai perdu de vue lors de l'assaut des soldats.

— Un chasseur m'a dit l'avoir aperçu de l'autre côté de la frontière avec sa femme et son fils, en compagnie de Gabriel.

— Nous devons maintenant relever nos manche et réparer les pots cassés afin d'aider nos paroissiens. Autrement, plusieurs mourront de faim.

— Le père André a écrit au général pour lui demander de protéger les personnes et les biens. Middleton a émis des directives en ce sens, mais la plupart des miliciens pensent plutôt à se venger et désobéissent à leur chef. Par surcroît la cloche de l'église de Batoche a été volée par les soldats et emportée comme trophée de guerre.

Thomas se tourmente à propos de Louis quand il lit les journaux apportés par les voyageurs. Le procès devait avoir lieu à Winnipeg, une décision du ministre de la Milice, Adolphe Caron, mais le gouvernement fédéral a plutôt décidé de le transférer à Regina. Ils le jugeront selon la loi des Territoires du Nord-Ouest, devant six jurés anglophones et un juge dévoué à Ottawa.

— Ils veulent tout simplement le pendre, lui confirme monsieur Letendre, dont le cousin est mort pendant la bataille. Impossible pour lui d'exiger une poursuite en français ni la présence d'un jury de langue française.

— Au moins, sa femme Marguerite et ses enfants vivent maintenant en sécurité, répond Thomas. Joseph, le frère de Louis, est venu les chercher et les a amenés à Saint-Vital.

— La pauvre, elle s'est cachée dans une cave pendant quatre jours avec d'autres familles.

Malgré les mises en garde du père Fourmond, Thomas décide d'aller à Regina pour suivre les procès de Louis, de Jackson et des Indiens.

Cinquième partie

Les conséquences
de la résistance

Chapitre 27

Procès pour haute trahison

Avant de quitter Batoche pour Regina, Thomas reçoit une lettre de son cousin Jérôme. Les informations qu'elle contient le réjouissent au plus haut point. Il s'assoit aux côtés de Billy pour parcourir la missive. L'adolescent comprend la plupart des mots.

« Tu seras surpris d'apprendre ma destination finale. Je séjournerai un moment au Québec pour me faire oublier et, en même temps, j'en profiterai pour voir le pays de nos ancêtres paternels. Victoria et Jacob s'amusent beaucoup à Montréal et se promènent souvent sur le mont Royal. Mon fils s'ennuie de Billy et espère le revoir un jour. J'ai tout même de bonnes nouvelles malgré la défaite de Batoche. Ici, un comité s'est vite formé pour la défense de Louis. Ils vont déléguer trois avocats chevronnés pour, espèrent-ils, lui éviter la peine de mort.

Comme plusieurs autres, j'ai bien l'impression que les conservateurs de Macdonald ont décidé de l'exécuter. Le premier ministre ne lui pardonne sûrement pas les revendications de 1870. Surtout qu'il a dû céder du terrain. Chose certaine, pour les Canadiens français, Louis reste le défenseur de la langue française dans l'Ouest canadien. Tout le contraire des Ontariens qui le prennent pour un criminel. Je t'envoie d'autres nouvelles plus tard. »

Thomas écrit à son cousin et lui donne son adresse à Regina. Il arrive le jour même de l'ouverture du procès, le 20 juillet 1885. La salle est comble. Le bruit court que les Métis vont attaquer les lieux pour libérer le prisonnier. Or, aucun problème ne survient au palais de justice. Le gouvernement accuse Louis de haute trahison ; le greffier s'adresse à l'inculpé :

— Louis Riel, êtes-vous coupable ou non coupable ?

Le prévenu réplique avec dignité et grande politesse.

— J'ai l'honneur de répondre que je plaide non coupable.

La cour retarde aussitôt la cause de huit jours pour permettre aux procureurs de Louis de se préparer. Entre-temps, le tribunal entend le cas de William-Henry Jackson, l'ancien secrétaire de Louis. Deux médecins le croient fou et, après délibérations, le magistrat l'acquitte pour cause d'aliénation mentale. Il confie tout de suite Jackson à l'asile à Selkirk, au Manitoba.

Le procès de Louis reprend devant six jurés anglophones et protestants, comme prévu; le juge, le lieutenant-colonel Hugh Richardson, travaille comme fonctionnaire fédéral.

Dès le début, les avocats de l'accusé, François-Xavier Lemieux, Thomas Cooke Johnston et Charles Fitzpatrick, remettent en question la compétence de la cour, mais Richardson rejette d'emblée cette affirmation. Ils orientent ensuite leur plaidoyer de façon à démontrer que Louis souffre de maladie mentale. Le premier témoin, le cousin de Louis, se nomme Charles Nolin. Il livre un témoignage accablant et tous perçoivent qu'il entretient une grande hostilité envers l'accusé.

Philippe Garnot, les pères Alexis André et Vital Fourmond et le docteur François

Roy, attaché à l'hôpital de Beauport, optent pour la folie. Daniel Clarke, de son côté, après trois rencontres avec Louis, pense comme son collègue, mais se dit incapable de se prononcer avec certitude. Insatisfait des dépositions, le procureur demande à deux autres experts de statuer. Le docteur Wallace vient à la barre :

— Je me suis entretenu avec Louis Riel pendant une demi-heure et j'arrive à la conclusion que le prévenu ne présente aucun symptôme d'aliénation mentale.

Pour sa part, le médecin généraliste, Jukes, le croit sain d'esprit malgré sa méconnaissance du domaine de la psychiatrie. L'avocat Fitzpatrick mise sur la démence pour lui éviter la peine de mort et espère que la cour en tiendra compte comme ce fut le cas pour Jackson.

— Cet homme est complètement irresponsable de ses actes. Je sais que vous rendrez justice et que vous n'enverrez pas l'accusé à la potence. Vous ne tisserez pas la corde qui pendra, à la face du monde entier, un pauvre lunatique invétéré. Est-ce, messieurs, la victime de l'oppression ou la victime du fanatisme ?

Le juge donne la parole à Louis Riel. D'emblée, il admet avoir une mission divine et nie, au nom de Dieu, être fou. Il conclut ainsi :

— Même si je devais finir condamné par vous, messieurs les jurés, je défendrai ma réputation jusqu'au bout, devant tous les hommes. Personne ne m'enlèvera cette satisfaction de ne pas mourir affublé du titre de fou.

Dans la salle, les larmes aux yeux, Thomas écoute le témoignage de son ami. Par ses propos et son éloquence naturelle, il se mène lui-même à la potence. Le 1er août, les jurés se retirent pour revenir une heure plus tard, après avoir pris une décision. Le juge pose la question d'usage :

— Messieurs, vous accordez-vous tous sur le verdict ?

Le président du jury, Francis Cosgrave, répond affirmativement à la question.

— Et quel est ce verdict ?

— Coupable ! clame Cosgrave.

Son confrère se lève et demande la parole.

— Votre honneur, mes compagnons m'ont suggéré de recommander le condamné à la clémence de la Couronne.

Le magistrat donne la permission à Riel de prononcer quelques mots.

— Je suppose qu'ayant été condamné, on ne me prendra pas pour un fou, et je considère cela comme un grand avantage... Si j'ai une mission, je ne puis l'accomplir tant qu'on me considérera comme un aliéné. Du moment, donc, que je monte cet échelon, je commence à réussir. Si je suis exécuté, du moins si je devais être exécuté, je le serais en homme sain d'esprit ; cela apporterait une grande consolation à ma mère, à mon épouse, à mes enfants, à mes frères et à mes proches.

Les avocats de Riel, ainsi que Thomas, écoutent le condamné avec attention, mais aucun ne peut plus agir en sa faveur à présent. Le sort de Louis Riel est réglé : la loi anglaise de 1352 oblige Richardson à imposer la peine de mort. La sentence jette Thomas dans un profond désarroi. Riel a besoin d'être réconforté, mais les tempes de Thomas battent au rythme effréné de son cœur. Il réussit à s'extraire de son siège après plusieurs minutes puis, la mort dans l'âme, il se résigne à prendre le chemin de la maison.

En attendant le résultat de l'appel du jugement, Thomas assiste au procès des chefs indiens Gros-Ours et Faiseur d'Enclos. Même si le lieutenant-gouverneur sait très bien que ni l'un ni l'autre n'a participé à la rébellion, mais qu'ils ont plutôt essayé de raisonner les chefs de guerre, le juge les incarcère au pénitencier pour haute trahison. Presque tous les témoignages concordent. Thomas écrit à son cousin, à Montréal.

« C'est un simulacre de justice. Ils ont condamné onze Indiens à la pendaison de façon arbitraire, et les autres ont pris le chemin de la prison. Aucun n'a reçu l'aide d'un avocat. Il y avait presque cent accusés en tout, mais les Indiens ont reçu les sentences les plus sévères. » Jérôme revient sur le sujet en citant les propos du premier ministre Macdonald ; il s'agit d'une phrase rapportée par un ami de Louis, député à Ottawa. « L'exécution de Riel et des Indiens va, je l'espère, avoir un effet positif sur les Métis et convaincre le Peau-Rouge que c'est l'homme blanc qui gouverne. » Jérôme termine en lui demandant de lui donner des nouvelles de Batoche. Thomas répond tout de suite.

« La famine règne dans la région de Batoche. Les soldats ont pillé les réserves de nourriture et brûlé les moissons. Les gens mangent leurs chiens et tout ce qui leur tombe sur la main. D'après madame Dumont, certains cueillent des racines de quenouilles ou d'autres plantes pour les faire bouillir.

Beaucoup vivent au jour le jour, pêchent dans la Saskatchewan-Sud, chassent le rat musqué et ramassent les écrevisses. La soupe au poisson reste très populaire pour le moment, car le bétail a disparu avec le passage des militaires. Une bonne partie de la population a quitté Batoche pour essayer de survivre, mais j'ai peur que la pauvreté ne leur colle à la peau encore longtemps. »

Thomas aussi partira, mais seulement quand les juges et les avocats auront réglé le sort de Louis.

Chapitre 28

Pendu

Après le prononcé du jugement, les avocats interjettent l'appel, mais le juge refuse la requête. Le Conseil privé rejette ensuite la demande d'en appeler de la décision. Pendant ce temps, Louis attend en prison que l'on décide de son sort. Il prie, assiste à la messe et, aidé par le père André, se réconcilie avec l'Église.

Thomas lui apprend une nouvelle qui fait sourire Louis : Jackson s'est évadé de sa prison du Manitoba.

— Je me doutais qu'il prendrait la clé des champs.

— D'après mes informations, il a marché jusqu'au Dakota et il a pris la direction de Chicago.

— Au moins, William vivra et se reconstruira une nouvelle vie.

Pour le moment, Louis s'inquiète de sa femme Marguerite ; il lui écrit pour l'encourager et lui recommander le repos jusqu'à la fin de sa grossesse. Par malheur, le bébé meurt quelques heures après sa naissance. Louis en est très affecté. Il rédige une lettre pour sa sœur Henriette lors d'une visite rapide de Thomas.

« Je ressens une telle tristesse ! Je n'étais pas là pour tenir mon bébé dans mes bras et l'embrasser. Cela me console de savoir que la Providence a permis à l'enfant de recevoir le baptême avant de fermer les yeux pour toujours. »

Les brèves visites de Thomas le réconfortent et lui permettent de recevoir des nouvelles de l'extérieur, surtout de Jérôme qui l'a accompagné dans son exil aux États-Unis.

— Macdonald est pris entre deux feux. Les Anglais veulent ta mort, et les Québécois demandent ta grâce.

— Ce politicien arrivera à ses fins, déclare Louis.

— Il a bien accepté de créer une commission médicale pour enquêter sur ta santé mentale et physique. C'est probablement pour gagner du temps. Les Québécois manifestent en grand nombre et réclament la clémence d'Ottawa.

— Le premier ministre craint sans doute de perdre ses ministres francophones, Adolphe Chapleau et Hector Langevin. Quant à Adolphe Caron...

— C'est un béni-oui-oui. Tout le monde le sait.

— Après deux sursis, Macdonald doit commencer à perdre patience. Surtout que les journaux de Toronto se déchaînent tous les jours contre les largesses du système et exigent le châtiment suprême. De leur côté, les toutes puissantes loges orangistes de l'Ontario dénoncent l'idée d'un pardon, s'en prennent à Macdonald et redoutent que les assemblées publiques du Québec, les pétitions et les pressions de toutes sortes fassent fléchir le gouvernement conservateur. L'exaspération des Anglais est à son comble.

— D'après les contacts de Jérôme à Montréal, le premier ministre voudrait passer à autre chose. Un député lui a rapporté les propos offensants de Macdonald sur les francophones. Je le cite : « Même si tous les chiens de la province de Québec se mettaient à japper à sa défense, Riel sera pendu. »

Sur l'entrefaite, le père André, le visage grave et livide, fait son entrée.

— Le cabinet a décidé de ton sort, mon cher Louis.

Le colonel Irvine et le shérif Samuel Chapleau, le frère du ministre fédéral, pénètrent dans le cachot à leur tour. Chapleau s'adresse à Louis.

— Je vous informe que l'exécution aura lieu demain le 16 novembre, à huit heures.

Louis reste impassible, mais le père André éclate en sanglots. Thomas pleure lui aussi et sort en trombe de la cellule. Il rencontre le curé Charles William, un compagnon de classe de Louis, venu de Toronto pour assister son confrère dans son épreuve finale. Thomas l'accompagne jusqu'à Louis ; le condamné semble calme et ne manifeste aucune frayeur.

— Je vais prier pour ma famille, mes bienfaiteurs et mes ennemis comme les chers évêques Taché et Grandin, le pape Léon XIII et Macdonald.

Le prêtre place la main sur l'épaule de Riel pour l'encourager.

— Dormez en paix ce soir.

— Je mourrai joyeux et courageux. Avec la grâce de Dieu, je marcherai bravement vers la mort. J'ai fait mon devoir dans la vie. J'ai toujours visé des résultats pratiques. Après ma mort, mon esprit opérera des résultats pratiques.

Louis prend ensuite le temps d'écrire une autre lettre à Marguerite et à sa mère pour leur faire ses adieux. Il signe Louis-David Riel. Le père André, après une nuit blanche, chante la messe et sert la communion à son ami pour la dernière fois. Vers huit heures, le shérif Gibson ouvre la porte de la cellule. Calme, Louis lui dit en anglais :

— Mr Gibson, you want me ? I'm ready.

Le condamné monte le long escalier sans montrer aucune faiblesse et sans hésiter. Louis continue sa triste marche jusqu'à l'échafaud où l'attend le bourreau John Henderson, un ancien prisonnier de Louis au Manitoba. Il lui lie les mains, lui recouvre la tête d'une cagoule et lui passe la corde autour du cou.

À quoi pense Louis à ce moment précis ? se demande Thomas. Peut-être à la lettre de sa mère reçue plus tôt : « Je pleure, oui, c'est vrai. Néanmoins, je garde la tête haute. Courage encore une fois, mon fils, courage, courage pour la plus grande gloire de Dieu. » La trappe s'ouvre et Louis tombe deux mètres cinquante plus bas.

Thomas sanglote auprès du corps inanimé de son ami. Il s'agenouille, mais se sent incapable de prier devant le spectacle d'une mort injuste, dictée par un parti politique soucieux de se faire réélire. Il souhaiterait que Jérôme soit présent à ses côtés afin de poser son front sur une épaule amie et se consoler de la fin brutale de quarante et un ans d'amitié. En levant les yeux, Thomas voit le shérif Gibson s'emparer de la corde qui a servi à pendre Louis et la brûler sur-le-champ pour éviter qu'elle ne soit transformée en relique.

Le matin même, Thomas écrit ses impressions à Jérôme : « Pour moi, la pendaison de Louis provoque une cassure, une plaie dans mon âme qui sera difficile à refermer. Elle pourrait devenir aussi une rude bataille entre les Français et les Anglais du Canada. Les anglophones n'ont jamais pardonné à Louis d'avoir fusillé l'un des leurs, comme les francophones du Québec ne leur pardonneront pas d'avoir exécuté un défenseur de leur peuple. Je me souviendrai toujours du 16 novembre 1885. »

Thomas lui envoie une coupure du journal *Leader*, de Regina, dans laquelle le journaliste décrit la matinée.

« Regina, 16 novembre. L'aube se leva plus belle que jamais, sur le dernier acte – l'événement final – de la vie accidentée de Louis Riel. Le soleil brillant dardait d'impitoyables rayons ; la prairie, légèrement teintée d'argent par la gelée, semblait une vaste plaine semée de diamants. »

Le journaliste décrit ensuite la scène de la pendaison et la réaction paisible de Louis Riel. D'après l'article, le bourreau Henderson a reçu cinquante dollars pour ses services.

Chapitre 29

Manifestations

Les prédictions de Thomas au sujet du fossé entre Français et Anglais se réalisent très vite. Son cousin lui envoie les articles de certains journaux écrits le lendemain de la pendaison de Riel.

***

Vingt-quatre heures après l'exécution, à Montréal, une foule de quinze mille manifestants s'agite à la place Jacques-Cartier. Jérôme, Jacob et Victoria protestent comme tous les autres contre la mort cruelle de Louis Riel. Les slogans fusent.

— Démission, Macdonald!

— Vive Louis Riel!

— À bas les orangistes!

En soirée, les protestataires déménagent au Champ-de-Mars. Ils brûlent des mannequins à l'effigie de Macdonald, du juge

Richardson et des ministres Langevin, Chapleau et Caron. Les gens attaquent verbalement le député Ouimet et le surnomment « chevalier de la Corde » avant de mettre le feu à l'amas de guenille qui le représente.

Le 19 novembre, Jérôme et sa famille participent à une autre manifestation à laquelle assistent vingt mille personnes. Ils croyaient avoir atteint le sommet lorsque, trois jours plus tard, les Canadiens français sont de nouveau conviés à un rassemblement monstre au Champ-de-Mars. Jérôme en explique le sens à Jacob.

— Comme vous le constatez, les Métis ne sont pas seuls au monde.

— À part protester contre Ottawa, quel est le but des politiciens mécontents? demande Victoria.

— La mort de Louis donne à réfléchir sur l'avenir des Canadiens français. Le député Fiset y voit l'occasion de former un parti national pour protéger notre langue, peu importe les allégeances politiques.

Plusieurs orateurs prennent la parole durant l'assemblée, dont Honoré Mercier et

Wilfrid Laurier. Celui-ci déclare : « Si en 1885, sir George-Étienne Cartier eût encore vécu, nous savons tous, anciens libéraux et anciens conservateurs, qu'aujourd'hui Riel serait en vie ou sir George-Étienne Cartier ne serait plus ministre. Je ne veux pas enclencher une lutte de races. Les droits que nous réclamons ne sont pas les droits de la nation française en particulier, mais ceux de la nation canadienne et de l'humanité. »

Honoré Mercier prend ensuite la parole devant les cinquante mille manifestants. Il veut l'union des Canadiens français sous un même dirigeant pour en finir avec l'arbitraire d'Ottawa. « Riel, notre frère, est mort, victime de son dévouement à la cause métisse dont il était le chef, victime du fanatisme et de la trahison : du fanatisme de Sir John A. Macdonald et de la trahison de quelques-uns de ses amis ; de la trahison de trois des nôtres qui, pour gonfler leur portefeuille, ont vendu leurs frères. Riel est mort sur l'échafaud, comme sont morts les patriotes de 1837, en brave et en chrétien ! Trois choses nous incombent désormais : nous unir pour punir les coupables, briser l'alliance que nos députés ont faite avec l'Ordre d'Orange et chercher une alliance qui protégera réellement nos intérêts nationaux. »

Thomas pleurera de joie quand je lui raconterai tout ce que nous avons vécu depuis une semaine, pense Jérôme. Il rentre chez lui heureux. Il aura été témoin de la plus importante manifestation du siècle au Québec et elle appuyait son meilleur ami, Louis Riel, le chef métis de l'Ouest.

Chapitre 30

Les pendards
de Battleford

À Regina, Thomas et Billy participent au service funèbre de Louis à l'église Saint Mary. Pour rendre hommage aux alliés des Métis pendant la rébellion, ils se rendent ensuite à Battleford, où ils assistent à la pendaison de huit Indiens. Ils parlent avec quelques-uns de leurs parents et amis.

— Ils ont permis aux Indiens de venir à Battleford. Cela m'étonne vraiment. Même les enfants de l'école indienne sont présents.

— Les autorités l'ont exigé. Ils veulent donner un exemple avec ces exécutions, répond l'un d'eux.

— Ils croient que le souvenir de nos morts restera gravé longtemps dans nos esprits et que jamais plus nous ne nous rebellerons contre le pouvoir des Blancs.

Déjà, les condamnés, six Cris et deux Assiniboines, arrivent près de l'échafaud d'un pas assuré. Plus de trois cents agents de la North West Mounted Police montent la garde derrière quelques centaines d'Indiens silencieux. La tête rasée, côte à côte sur la potence, les condamnés attendent que le bourreau leur passe la corde au cou. Certains poussent des cris de guerre pour défier les Blancs et d'autres adressent une dernière parole à leurs proches. Digne et fier, Esprit-Errant murmure un chant d'amour à l'intention de sa femme, en regardant le ciel. Ils tombent ensemble et meurent presque instantanément. Les spectateurs viennent d'assister à la plus grande pendaison collective de l'histoire du pays. Les corps sont aussitôt ensevelis dans une fosse commune, qui est ensuite recouverte d'une dalle de béton.

Thomas et Billy quittent définitivement Regina le 9 décembre pour accompagner la dépouille de Louis à Saint-Vital, au Manitoba. Installé sur la banquette du train, Thomas en profite pour lire les coupures de journaux, reçues avant son départ. Il fait totalement fi de la fumée noire de la cheminée, du bruit des roues de métal sur les rails d'acier et du grondement des moteurs tellement sa lecture le passionne.

La Presse de Montréal écrit : « Riel n'expie pas seulement le crime d'avoir réclamé les droits de ses compatriotes ; il expie surtout et avant tout le crime d'appartenir à notre race. L'exécution de Riel brise tous les liens de partis qui avaient pu se former dans le passé. Désormais, il n'y a plus ni conservateurs, ni libéraux, ni partisans castors, il n'y a plus que des patriotes et des traîtres. Le Parti national et le Parti de la corde. »

La Minerve : « Si profonde est la répulsion qu'inspire l'idée de l'exécution de Riel que jusqu'au dernier moment, hier, nous pensions à une commutation de la terrible sentence. Ç'en est fait des espérances de toute notre race, et la pureté immaculée de notre blason national. »

L'Électeur de Québec : « Prononçons le serment solennel de venger cet outrage, et de nous relever du coup formidable qui nous est porté aujourd'hui. »

La Vérité : « L'échafaud de Regina grandira, grandira, grandira toujours ; son ombre sinistre se projettera de plus en plus menaçante sur le pays. Cette tache de sang sur notre blason national deviendra chaque jour plus éclatante. Toujours l'image de ce cadavre d'un pauvre fou, pendu pour de misérables fins politiques, pendu pour maintenir un homme au pouvoir, pendu en haine du nom canadien français, toujours l'image de ce cadavre de Louis Riel sera là, se balançant entre ciel et terre, sous les yeux de notre population. »

L'Événement : « C'est au nom de la jeune reine Victoria que les victimes de l'oligarchie montèrent sur l'échafaud en 1837 et en 1838. C'est en son nom, encore, que quarante-six ans plus tard, un condamné politique a été exécuté contre le droit des nations, en obéissant à l'ogre orangiste. »

Le Canadien : « Le sang est un mauvais ciment, et si la Confédération n'en a pas d'autres, le coup de vent qui la culbutera n'est pas loin. »

Jérôme termine sa lettre sur un regret, celui de ne pouvoir se rendre au Manitoba pour l'enterrement de Louis.

Chapitre 31

Un long cortège funèbre

À Saint-Vital, Julie expose son fils deux jours en chapelle ardente. Thomas arrive en compagnie de l'abbé Charles William, désireux de saluer la famille et de lui dire que Louis est mort en chrétien. Assise sur une chaise, la mère éplorée garde la tête baissée et semble anéantie. Son fils Alexandre reste à ses côtés et essaie de la consoler. Des larmes coulent sur les joues de Billy.

— À quoi penses-tu ? demande Thomas.

— Je revois mes parents ; nous les avons enterrés dans la prairie sans la présence de leurs amis.

— Ils connaissent ton courage et, du paradis du Grand Manitou, se réjouissent certainement de ton bonheur et de ta chance.

Le regard de Marguerite reflète une tristesse infinie ; jolie et de petite taille, la jeune femme conserve un visage noble et digne malgré le malheur. Thomas la trouve pourtant frêle et maladive ; il met son état sur le deuil qui la frappe. La veuve tient l'ultime lettre de Louis entre ses doigts, dans laquelle il dit l'aimer et la chérir. Marguerite regarde ses enfants. Inconscient du drame actuel, Jean s'amuse sur le plancher de bois, près de la chaise de sa grand-mère. Quant à Marie-Angélique, elle dort sur le lit.

Pendant deux jours, des centaines de Métis défilent devant la dépouille de Louis Riel. Tous ses amis viennent lui adresser un adieu.

— Tu étais le plus grand de notre nation, répètent les visiteurs.

De la maison de la famille Riel jusqu'à la cathédrale de Saint-Boniface, soixante-quinze traîneaux composent le cortège funéraire qui s'étend sur un kilomètre. En plus des parents, près de huit cents Métis accompagnent leur chef à son dernier repos.

À partir de Saint-Vital, sur une distance de dix kilomètres en terrain raboteux, les dix-huit porteurs transportent le cercueil sur leurs épaules ; onze appartiennent aux familles Nault et Lagimodière. Plusieurs gardes métis les encadrent pour former une haie d'honneur. Malgré le froid et les nombreux spectateurs au bord de la route, les hommes marchent sans sourciller. Pourtant, la basse température de décembre givre leur barbe.

Les frères du défunt, Joseph et Alexandre, ouvrent la procession avec une dignité et une fierté évidente. Plusieurs les voient pour la première fois ; leur taille impressionnante et leur visage charismatique suscitent des commentaires admiratifs. Des gens murmurent, certains pleurent.

— On croirait qu'ils font partie de leur parenté, chuchote Billy.

— Le peuple conduit son chef à sa demeure éternelle, répond Thomas, la gorge serrée.

— Les porteurs ont enfilé des ceintures fléchées et ont placé un large ruban blanc autour de leur poitrine, remarque le jeune Indien. Ils ont aussi chaussé des mocassins.

— J'aime beaucoup leur manteau de vison et leur chapeau de castor, leur confie une femme.

Un lourd silence suit le glas de la cathédrale qui annonce l'arrivée du cortège funèbre. L'église se remplit au maximum de sa capacité en cette froide matinée du 12 décembre 1885.

L'abbé Georges Dugas, un vieux copain de Louis, célèbre la messe, et plusieurs religieux y assistent. Après la cérémonie, ils enterrent le défunt dans la crypte pour éviter, confie monseigneur Taché, qu'un fanatique enlève son corps ou fasse exploser son monument. Plus tard, le curé de Saint-Norbert, Noël Ritchot, circule parmi les gens pour les saluer. Il donne une franche accolade à Thomas et serre la main de ses compagnons de 1870. Ambroise Lépine, suivi de ses six enfants, semble très ému en raison de tous ces événements malheureux.

— Je te présente mon fils Billy.

— Tu nous avais caché ce détail! mon ami.

Cette fois encore, Thomas raconte l'histoire de sa liaison avec une Indienne et son mariage à la mode du pays.

— Parle-moi de tes projets à court terme, demande Ritchot.

— Je rejoindrai Jérôme à Montréal.

— Il doit penser à nous en ce moment et ressentir une profonde solitude pendant ces jours sombres, dit Ambroise.

— Je devine sa tristesse et son désir de partager notre peine.

— Reviendras-tu dans l'Ouest ? s'informe le curé.

— Je veux voyager un peu au Canada et aux États-Unis ; mon fils doit voir la beauté du monde qui nous entoure. Je m'installerai au Manitoba avec Billy, si je trouve des terres. J'essaierai aussi de persuader mon cousin de m'accompagner.

Les jours suivants, Thomas visite ses parents et ses amis d'aventures, puis quitte Saint-Boniface en direction de Montréal. Dans le train qui le transporte vers la grande ville, Billy sent la nervosité et la joie monter en lui à l'idée de revoir Jacob.

Chapitre 32

Retour au pays natal

Deux ans après la mort de Louis, Thomas et Jérôme se promènent une dernière fois sur la place Jacques-Cartier avant de retourner au Manitoba. Le curé Ritchot leur a trouvé deux terres, voisines l'une de l'autre, à Saint-Norbert; il leur a aussi annoncé le décès de Marguerite, terrassée par la tuberculose. Le frère de Louis, Joseph, a recueilli ses enfants.

La première année, ils ont voyagé en Amérique latine et aux États-Unis; ils ont rencontré Gabriel Dumont dans l'Ouest, où il travaille comme tireur d'élite dans la troupe de Buffalo Bill. Guerrier, chef militaire des Métis, défenseur des droits de sa nation, il planifie un long voyage en Amérique du Nord pour prononcer des conférences afin de recueillir des fonds pour aider les siens, et ainsi sensibiliser les gens aux conditions difficiles du peuple métis. Gabriel leur apprend aussi la libération de Maxime Lépine, de sa prison de Stony Mountain, condamné à la suite du procès de Regina. Pour le moment, les deux hommes se réjouissent de l'élection d'Honoré Mercier comme premier ministre du Québec.

Pendant les années qu'ils ont passées à Montréal, Billy et Jacob ont fréquenté l'école pour parfaire leur éducation et se préparer à la vie moderne. Une fois au Manitoba, les garçons pourront continuer leurs études.

Les adolescents marchent d'un côté à l'autre de la place en donnant à manger aux pigeons. Ils se réjouissent de voyager en train et de déménager dans la province natale de leurs pères. Quant à Victoria, elle aurait préféré retourner au Montana pour vivre près de sa famille.

Thomas tient entre ses mains une lettre reçue du père Alexis André quelques jours auparavant.

— Il détestait Louis de son vivant, à Batoche, mais il a complètement changé d'idée depuis son exécution.

— Il l'a beaucoup aidé pendant son emprisonnement et l'a soutenu jusqu'à la fin, répond Jérôme.

Thomas ouvre l'enveloppe et commence la lecture de la lettre : « Rien au monde ne pouvait le sauver ; la détermination de le détruire était un parti-pris chez Macdonald depuis longtemps et les ministres canadiens-français, nos défenseurs naturels, ont suivi avec empressement la volonté despotique de leur maître... Notre pauvre ami Riel est mort en brave et en saint. Jamais mort ne m'a tant consolé et édifié que celle-ci... Le supplice auquel il a été condamné, loin d'être une ignominie pour lui, est devenu, par suite des circonstances qui l'ont accompagné, une véritable apothéose de Riel. Le gouvernement ne pouvait mieux faire pour le rendre immortel et se couvrir d'infamie aux yeux de l'Histoire qu'en faisant exécuter la sentence de cette manière... Riel est mort, mais son nom vivra dans le Nord-Ouest quand le nom de Sir John A. Macdonald, son implacable ennemi, sera depuis longtemps oublié, malgré toutes les prédictions de ses adulateurs. »

Épilogue

Jamais Thomas et Jérôme ne regretteront leur existence tumultueuse. Ils ont vécu dans l'ombre de Louis, mais aujourd'hui, ils peuvent tracer leur propre voie. Ils ont préservé les droits fondamentaux de leur peuple et fondé l'État du Manitou, le Manitoba, grâce à la nation métisse.

Leur volonté de survivre persistera. Les descendants des Riel, Lagimodière, Lépine, Dumont, Nault, Delorme, Boucher, Parisien, Poitras, Goulet, Vermette, Larivière, Laliberté, Parenteau et toutes les autres familles y veilleront.

CHRONOLOGIE
DES ÉVÉNEMENTS

1670

Charles II, roi d'Angleterre, concède 7,7 millions d'acres carrées de terrain, appelées la Terre de Rupert, à la Compagnie de la Baie d'Hudson.

1843

Jean-Louis Riel père, arrive dans la colonie de la Rivière-Rouge.

22 octobre 1844

Naissance de Louis Riel dans la colonie de la Rivière-Rouge.

17 mai 1849

Procès de Guillaume Sayer pour contrebande de fourrure. Avec l'aide de Riel père, le jeune Métis gagne sa cause, et la Compagnie de la Baie d'Hudson perd son monopole.

1858

L'évêque Taché envoie Louis Riel et deux autres adolescents au Bas-Canada afin qu'ils étudient pour devenir prêtres. Louis Riel a quatorze ans.

1864-1868

À la mort de son père en 1864, Louis Riel quitte le collège pour travailler. Il trouve un emploi à Montréal comme stagiaire en droit. Il travaille ensuite à Chicago et à St. Paul.

1868

Louis Riel revient à la colonie de la Rivière-Rouge. La famine règne en raison des invasions de saute-relles en 1867-1868. Le Canada commence l'arpen-tage de la route Dawson à partir du lac des Bois. William McDougall, ministre des Travaux publics du Canada, ordonne l'arpentage de la colonie de la Rivière-Rouge, même si Ottawa n'a aucun droit sur le territoire.

1869

Sur les marches de la cathédrale de Saint-Boniface, Louis Riel déclare que les plans du gouvernement fédéral en matière d'arpentage constituent une menace.

Septembre

William McDougall est nommé lieutenant-gouverneur des Territoires du Nord-Ouest.

11 octobre

Des cavaliers métis, menés par Louis Riel, arrêtent les travaux d'arpentage des terres du Canada.

16 octobre

Création du Comité national des Métis de la Rivière-Rouge à Saint-Norbert. Le président est John Bruce, et Louis Riel est secrétaire.

25 octobre

Louis Riel se présente devant le Conseil d'Assiniboia et déclare que le Comité national empêchera l'entrée du gouverneur, à moins que l'union avec le Canada soit fondée sur des négociations avec les Métis et avec la population en général.

2 novembre

Sous les ordres d'Ambroise Lépine, les Métis rencontrent le lieutenant-gouverneur au poste de la Compagnie de la Baie d'Hudson, près de Pembina, et lui ordonne de retourner aux États-Unis.

3 novembre

Les Métis, menés par Louis Riel, s'emparent d'Upper Fort Garry.

6 novembre

Louis Riel demande aux résidants anglophones d'élire leurs représentants, un par paroisse, pour participer à une assemblée avec des représentants métis.

16 novembre

Le gouverneur de la Compagnie de la Baie d'Hudson, monsieur Mactavish, ordonne aux Métis de déposer les armes. La proclamation avait été dictée par William McDougall, toujours en attente aux États-Unis.

7 décembre

John Christian Schultz et les partisans du Parti canadien sont temporairement emprisonnés.

8 décembre

Riel établit un gouvernement provisoire. John Bruce en est nommé président. Rédaction de la première liste des droits.

18 décembre

William McDougall, suivi par le colonel Dennis, repart pour l'Ontario après avoir entendu que l'union était reportée jusqu'à ce qu'une transition paisible soit garantie.

27 décembre

Louis Riel devient président à la place de John Bruce.

1870

10 février

La Liste des droits est approuvée pour les négociations avec le gouvernement fédéral concernant le statut de province.

17 février

Les gardes du gouvernement provisoire de Riel arrêtent quarante-huit hommes armés à Upper Fort Garry. Leur chef, le docteur John Schultz, échappe à la capture et part pour l'Ontario.

Février

Charles Boulton, commandant du 46ᵉ régiment de milice et membre de l'équipe d'arpentage, est condamné à mort afin de montrer l'exemple aux Canadiens qui ont tenté par deux fois de renverser Louis Riel. Le chef métis accorde plus tard le pardon à Boulton en lui faisant promettre, en échange, que les paroisses anglophones puissent élire des représentants.

4 mars

Thomas Scott est exécuté. Il est décrit comme un orangiste radical, raciste, ignorant et borné, qui ne cesse de se montrer méprisant envers les gardes métis. Il avait déjà échappé à l'emprisonnement et tenté de provoquer une guerre civile. Il est jugé et condamné à mort pour insubordination par un jury. Louis Riel refuse d'intervenir et rejette tous les appels, croyant le temps venu de démontrer que son gouvernement provisoire devait être pris au sérieux.

22 mars

Le gouvernement provisoire envoie une liste des droits révisée à Ottawa.

23 et 24 mars

Trois délégués partent pour Ottawa. C'est l'abbé Joseph-Noël Ritchot qui négocie au nom du gouvernement provisoire. L'Ontario met la tête de Louis Riel à prix et offre cinq mille dollars aux chasseurs de prime qui le ramèneront mort ou vif.

12 mai 1870

Le Manitoba (État du Manitou) devient la cinquième province du Canada.

24 juin

Le gouvernement provisoire ratifie les termes de l'Acte du Manitoba.

15 juillet

L'Acte du Manitoba entre en vigueur. Louis Riel a seulement vingt-cinq ans.

23 et 24 août

L'expédition de Wolseley arrive ; la mission de paix se transforme en mission de vengeance. Louis Riel quitte Upper Fort Garry en catastrophe. Par crainte d'un lynchage, il s'enfuit aux États-Unis. Plusieurs Métis sont assassinés en toute impunité.

2 septembre

Le lieutenant-gouverneur A.G. Archibald arrive dans la colonie de la Rivière-Rouge. Il y trouve une collectivité déchirée par la violence et terrorisée par les milices ontariennes. Il commence à établir une administration civile et forme un cabinet provincial.

Décembre

La première élection provinciale au Manitoba a lieu. Louis doit renoncer à se présenter, mais dix-sept de ses compagnons sont élus.

1871

Février 1871

Louis Riel tombe malade. Il souffre peut-être d'une dépression nerveuse ; il s'inquiète de sa sécurité personnelle et de son incapacité à subvenir aux besoins de sa famille. Sa mère, Julie Lagimodière, se rend à son chevet au Dakota du Nord et le ramène à Saint-Vital en mai 1871.

Octobre

Lors de l'incident avec les Féniens, commandés par l'Irlandais William O'Donoghue, un groupe d'Américains mal organisé part en direction du Nord pour pénétrer au Manitoba. Louis Riel recrute des cavaliers métis armés pour défendre le Manitoba.

1872

2 mars 1872

Louis Riel s'exile volontairement à Saint-Paul, au Minnesota, à la demande de John A. Macdonald qui voulait, paraît-il, réduire les tensions et éviter des conflits entre le Québec et l'Ontario.

14 septembre

Défait dans son comté au Québec, George-Étienne Cartier se présente dans la circonscription de Provencher (Manitoba) et gagne le siège lors de l'élection fédérale. Louis Riel retire sa candidature pour laisser la place à Cartier.

1873

Mai 1873

Décès de George-Étienne Cartier à Londres.

Octobre

Louis Riel est élu au Parlement, mais n'y entre jamais pour occuper son siège, car il craint d'être assassiné ou arrêté pour meurtre.

1874

Février 1874

Après la résignation du gouvernement de Macdonald, Louis Riel est réélu en février 1874, mais est expulsé du Parlement avant d'occuper son siège.

Septembre

Après avoir été élu une troisième fois lors d'une élection partielle dans la circonscription de Provencher, Louis Riel est encore une fois expulsé du Parlement.

Octobre

Louis Riel et Ambroise Lépine sont déclarés coupables du meurtre de Thomas Scott.

Janvier

La peine de mort d'Ambroise Lépine est commuée par le gouverneur général en deux ans d'emprisonnement.

1875

Janvier 1875

Le gouvernement libéral d'Alexander Mackenzie accorde l'amnistie, sauf à Louis Riel, à William O'Donoghue et à Ambroise Lépine, à condition que ces derniers restent en exil pendant cinq ans.

1875

Décès de la grand-mère de Louis Riel, Marie-Anne Gaboury-Lagimodière, à Rivière-Rouge, première femme blanche à s'établir dans le Nord-Ouest.

1875-1884

Après une période difficile, Louis Riel est hospitalisé à Québec et à Montréal. Il habite ensuite New York, épouse Marguerite Monet en 1881, qui lui donne trois enfants, et devient citoyen américain en 1883 ; il enseigne au Montana en 1884.

1878

La Section catholique du Bureau d'éducation adopte des règlements au sujet de la langue d'enseignement dans les écoles catholiques du Manitoba en précisant que la langue parlée par la majorité des contribuables d'un arrondissement sera celle enseignée à l'école.

1879

Le caucus du Parti anglais suggère, entre autres, d'abolir l'impression en français des documents officiels. La question est débattue en Chambre, mais le lieutenant-gouverneur Joseph Cauchon refuse de signer le projet de loi adopté par l'Assemblée.

Juillet 1884

La situation économique est catastrophique. La famine règne chez les Indiens et les Métis. À leur demande, Louis Riel vient à Batoche, (actuellement en Saskatchewan) afin d'aider les habitants dans leurs revendications avec le gouvernement fédéral.

1885

9 au 12 mai 1885

La rébellion métisse du Nord-Ouest est menée par Louis Riel, Maxime Lépine et Gabriel Dumont. Après quelques victoires, les rebelles sont écrasés par les troupes du gouvernement à la bataille de Batoche. Gabriel Dumont trouve refuge aux États-Unis. Louis Riel se rend au major général Frederick Middleton et est amené à Regina. La rébellion du Nord-Ouest est terminée.

1er août

Le chef métis Louis Riel est trouvé coupable de trahison par un jury composé uniquement d'anglophones.

16 novembre Regina.

Pendaison de Louis Riel, chef métis dans l'Ouest canadien.

17 au 22 novembre

Un grand rassemblement de quinze mille personnes, au Champ-de-Mars, à Montréal, dénonce l'exécution de Louis Riel. Le 19 novembre, vingt mille personnes manifestent, et le 22 novembre, cinquante mille personnes font de même.

27 novembre

Pendaison à Battleford, en Saskatchewan, de huit Indiens ayant participé à la rébellion du Nord-Ouest. Cette exécution collective reste la plus importante de l'histoire du Canada.

12 décembre

Funérailles de Louis Riel à la cathédrale de Saint-Boniface. La messe est célébrée par l'abbé Charles Dugas, en présence de monseigneur Taché et du curé de Saint-Norbert, Noël Ritchot, le conseiller de Louis Riel en 1869-1870.

27 janvier 1887

Honoré Mercier récupère l'indignation provoquée par la mort de Riel et prend le pouvoir au Québec, en tant que nationaliste francophone. Ce parti réclamera plus d'autonomie pour les provinces.

1890

La législature du Manitoba vote la suppression de la langue française comme langue officielle de la province. Le Official Language Act sera déclaré inconstitutionnel quatre-vingt-dix ans plus tard, lorsque la Cour suprême du Canada donnera raison à Georges Forest, un homme d'affaires de Saint-Boniface qui avait contesté sa constitutionnalité.

6 juin 1891

Mort de John A Macdonald, premier ministre du Canada. À la fin du mois de mai, il fut victime d'un infarctus du myocarde. *The Old Chieftain* (Vieux Chef) mourut le soir du samedi 6 juin 1891.

19 mai 1906

À Bellevue, en Saskatchewan, décès de Gabriel Dumont, chef métis. Lors de la révolte des Métis, en 1885, durant les deux mois qu'a duré l'insurrection, Dumont était chef militaire des rebelles, et Louis Riel, chef politique.

1912

Entrée en vigueur du Règlement 17, cautionné par le gouvernement fédéral, afin d'abolir l'éducation en français en Ontario.

1916

Une nouvelle loi scolaire est adoptée par le gouvernement libéral du Manitoba. La loi Thornton supprime les écoles bilingues, abolissant, en fait, l'éducation en français.

8 juin 1923

Mort d'Ambroise Lépine, chef militaire de Louis Riel en 1869-1870. Il est né à Saint-Boniface le 18 mars 1840.

1929

La Saskatchewan supprime les écoles françaises.

1992

À Ottawa, la Chambre des communes reconnaît Louis Riel comme fondateur de la Province du Manitoba.

Sources :

BERGERON, Léandre. *Le petit manuel d'histoire du Québec,* Éditions Trois-Pistoles, 2008.

BOULANGER, Jean-Claude. *Le dictionnaire québécois d'aujourd'hui,* Paris, Dictionnaire Le Robert, 1992.

DUBUC, Eugénie. *Revue d'histoire de l'Amérique française,* vol. 20, n° 2, 1966, p. 291-292. FERLAND, Marcien et Auguste VERMETTE. *Au temps de la prairie,* Saint-Boniface, Éditions du Blé, 2006, 224 p.

LACOURSIÈRE Jacques et al. *Nos Racines, l'histoire vivante des Québécois,* numéros 93, 94, 102, 103, 104 et 105, Éditions TLM inc, 1981.

NEERING, Rosemay. *Louis Riel,* Éditions Julienne, 1977, 63 p.

PALLUD-PELLETIER, Noëlie. *Louis, fils des Prairies,* Saint-Boniface, Éditions des Plaines, 2004, 96 p.

SAINT-AUBIN, Bernard. *Louis Riel. Un destin tragique,* Montréal, Éditions La Presse, 1995, 316 p.

TROTTIER, Maxine. *Du sang sur nos terres,* Toronto, Éditions Scholastic, 2009, 224 p.

Le Nord de l'Outaouais, récit d'Adrien Moncton.

Sources Internet

http://shsb.mb.ca
http://msbm.mb.ca/fr/
http://www.ameriquefrancaise.org
http://www.biographi.ca/

DICTIONNAIRE BIOGRAPHIQUE DU CANADA. [En ligne]. [www.biographi.ca].

ENCYCLOPÉDIE DU PATRIMOINE CULTUREL DE L'AMÉRIQUE FRANÇAISE. [En ligne], [www.ameriquefrancaise.org].

LA SOCIÉTÉ HISTORIQUE DE SAINT-BONIFACE. [En ligne], [shsb.mb.ca].

LE MUSÉE DE SAINT-BONIFACE. [En ligne], [msbm.mb.ca/fr/].

Table des matières

Quatrième partie : retour dans l'ouest

Cinquième partie : les conséquences de la résistance

Viateur Lefrançois

Viateur Lefrançois se consacre au roman pour la jeunesse depuis maintenant une quinzaine d'années. Auteur de quinze ouvrages depuis 1993, il est à la fois écrivain et animateur dans les salons du livre au Québec et dans les écoles et les bibliothèques. Il a été invité dans différentes provinces canadiennes, mais aussi en Belgique, en Suisse, en France, aux États-Unis et au Mexique.

L'auteur, un passionné d'aventures, de voyages et d'histoire, fait découvrir des lieux inconnus et parle d'amitié, d'aventures et d'environnement. Ses romans offrent un mélange de science-fiction et de réalisme, sans oublier plusieurs références à l'histoire et, pour trois de ses livres, à des peuples autochtones d'Amérique (dont les Mayas du Mexique).

Achevé d'imprimer en décembre 2015
sur les presses de l'imprimerie Gauvin,
Gatineau, Québec